額田王は生きていた

草壁焔太・著

市井社

額田王は生きていた

目次

はじめに

　私は最近、万葉集の中に隠れていた額田王《ぬかたのおおきみ》の作品を十六首見つけた。私が見ると、どこから見ても額田王の作品である。

　もしそうだとすると、額田王の作品は、フレーズ数から見て一気に三倍強に増えたことになるが、それればかりではない。新しい作品から見ると、額田王は女性として強いばかりか、人間としてもスケールの大きな人物だったことがわかる。そのうえ、その激しい恋の相手、天智天皇の性格も、その恋のようすもはっきり見えてくる。

　すると、中大兄皇子《なかのおおえのおうじ》が蘇我入鹿《そがのいるか》を暗殺してから、近江朝が滅ぶまでの謎の二十数年もはっきりしてくる。ただ、作品が増えただけではないのである。そのうえ、調べを進めていくと、吹黄刀自《ふきのとじ》が鏡王女《かがみのおおきみ》と額田王の母親だったこともわかり、吹黄の若かりし日の大胆でエネルギッシュな歌も四首ほど見えてきた。

　あまりの重大事であるため、私は誰かがすでに指摘していないか、また絶対にそうではないと言えるような反証がないかを調べるため、相当時間もかけた。先に指摘した人もなく、明らかな反証となるような文献もない。むしろ、万葉学も日本の歴史学も、この指摘を待っていたのだとしか思えない状況にあることがわかってきた。

躊躇なく、このことを提言するのが私の役割だと思い、本として出版することにした。

私が「新しい」額田作品であると思う作品のほとんどは、万葉集第十三巻にあった。この巻は、賀茂真淵《かものまぶち》が、一、二巻とともに古い巻としてから、ほとんどの学者もこれに従っているが、大勢を言えば、「民謡」あるいは「宮廷歌謡」を集めたものとしている。この巻の第一の特徴は、長歌を集めた巻であることであり、短歌も含まれるがそれらは、長歌につけられた反歌である。反歌の中に旋頭歌《せどうか》も一つある。

「古い」というのは、古い時期に作られた作品を含んでいるという意味で、この巻には万葉の歌が完全に五七化しない時期のものをかなりふくんでいる。

具体的にいえば、壬申《じんしん》の乱《らん》以前の歌がかなりある。

この巻の作品の第二の特徴は、一、二首を除き、ほとんどが作者不詳であることだ。それゆえ、謎の多い巻とされてきたが、古い作者不詳の作品は、「民謡」あるいは「宮廷歌謡」で、作者がわからなくてあたりまえというふうに扱われてきた。

私はその意見には反対であった。長歌を書くというのは、相当のことであり、力もなければならない。おそらく長歌を書く人は名のある人であり、たまたま作者不詳となっているにすぎないのではないか。というのも、当時は今日のようにかならず作者名をつけるという習慣がなかったからである。

こうしてそれらの作品を読み込んでいくと、内容と表現の特徴からいって額田王としか考えられない作品がいくつかあり、もしそうだとすると、周辺の額田らしい作品もそうではないかということになり、結局、十六首もの歌が額田王の作らしいという結論となった。

そのうち、八首は長歌であり、残りの八首はそれらの長歌についていた反歌である。また、長歌のうち三首には、反歌がついていない。

古い長歌には反歌のないものが多いから、額田作の長歌に反歌がないのはむしろ当然である。

私は日本の歴史のなかでも、最も謎が深いのは、天智天皇が事実上支配していた六四五年から壬申の乱までの六七二年までだと思っていた。継体《けいたい》期や、応神《おうじん》期なども謎は深いけれども、天智の頃はかなり歴史的記述が可能になってからの謎である。

ここがわかれば、日本がわかるだろうと、私は自分が出している『五行歌』という月刊誌に、何度も書いたことがある。何があったかがわからないが、この期間がわかりにくかったのである。

今となれば、私が額田を見出したのは、この疑問のおかげであり、その疑問を私が抱いたのは、この時期に関して、確かに何かが隠されていたからだったとわかってきた。

私たちを目隠ししている者がおり、わざと真実をわからなくしていたようなのである。

額田の歌がわかって、天智の顔がわかり、彼らの交わした言葉もわかってきた。すると、この天皇の狙いがわかってきた。しだいに、謎だった期間のすべてが見えてきたような気がしてきた。

思った以上に、額田王と中大兄皇子の恋は、大きな意味を持っていた。

それは、文化国家建設のための、この二人の賭けのようなものであり、気負ったものであり、永遠に自分たちのことを記録しようというものであった。

二人の意志は強かった。それは、中臣鎌足《なかとみのかまたり》と中大兄の共通の意志が強かったのと同じであった。中大兄は額田王と鎌足の二人と一心同体といっていいような関係を作っている。私はこの時代を、文芸が決断した時代であると思い、それが万葉集を作り上げる中心のエネルギーとなったと思う。

このことがわかって、私は日本の歴史に納得した。

宗教と学問を志した聖徳太子を受けて、近江朝を作った天智と額田が文芸と学問を志したことを嬉しく思う。

第一章　永遠の恋

一、天地《あめつち》に　言満《ことみ》てて

額田王の作品と考えたいものとして、最初にあげるのは、額田王としては最長の作品となる挽歌《ばんか》である。それは巻十三の3329で、五十三フレーズ（句）ある。これだけで、いままでの額田作品九十三フレーズの半分以上になるのだから、この歌の持っている情報量は多い。そのうえ、詩歌の持っている情報は生きたものである。

額田王も天智天皇も、たっぷり入っている。私がこの作品を最初に出すのは、間違いなく額田作と思われるからである。客観的証拠といっていい内容を持っている。まず、天智天皇と額田王の恋でなくてはありえない内容である。長いけれども、じっくり読んでいただきたい。

白雲の　たなびく国（のトル）　青雲《あをくも》の　向伏《むかぶ》す国の　天雲《あまくも》の　下《した》なる人は
我《あ》のみかも　君に恋ふらむ　我《あ》のみかも　君に恋ふれば　天地《あめつち》に　言《こと》を足《た》ら
はし（言満《ことみ》てて）　恋ふれかも　胸の病《や》みたる　思へかも　心の痛《いた》き　我《あ》が恋

ぞ　日に異《け》に増《ま》さる　何時《いつ》はしも　恋ひぬ時とは　あらねども　この九月《ながつき》を
我《わ》が背子《せこ》が　偲《しの》ひにせよと　千代《ちよ》にも　偲《しの》ひ渡れと　万代《よろづよ》に　語り継《つ》がへと
始めてし　この九月《ながつき》の　過ぎまくを　いたもすべなみ　あらたまの　月の変
はらば　せむすべの　たどきを知らに　岩が根の　こごしき道の　石床《いはとこ》の
根延《ねば》へる門《かど》に　朝《あさ》には　出《い》で居《ゐ》て嘆き　夕《ゆふ》には　入《い》り居《ゐ》恋ひつつ　ぬばたま
の　黒髪敷きて　人の寝《ぬ》る　甘睡《うまい》は寝ずに　大舟《おほぶね》の　ゆくらゆくらに　思ひ
つつ　我《わ》が寝《ぬ》る夜《よ》らは　数《よ》みもあへぬかも

白雲之　棚曳国（之は誤写とみて取る）　青雲之　向伏国乃　天雲　下有人者　妾耳鴨　君尓恋
濫　吾耳鴨　夫君尓恋礼薄　天地　満言　恋鴨　胷之病有　念鴨　意之痛　妾恋叙　日尓異尓
益　何時橋物　不恋時等者　不有友　是九月乎　吾背子之　偲丹為与得　千世尓物　偲渡登
万代尓　語都我部等　始而之　此九月之　過莫呼　伊多母為便無見　荒玉之　月之易者　将為
須部乃　田度伎乎不知　石根之　許凝敷道之　石床之　根延門尓　朝庭　出座而嘆　夕庭　入
座恋乍　烏玉之　黒髪敷而　人寐　味寐者不宿尓　大船之　行良行良尓　思乍　吾寐夜等者
数物不敢鴨　（3329）

白雲のたなびく国、青雲が向き合う国の、雲の下にいる人々のなか、君を思うのは、私だけか、私だけが、君を思い、天地を言葉（歌）で満たして、恋しては胸を痛め、思っては心を痛め、私の恋は、日に日に、つのるばかり、いつまでも、恋わない日はないが、この九月を、我を偲ぶよすがとせよ、永遠に偲び続け、いつの世までも、語り継がれるようにせよと、結ばれたとき、あなたが言った、その九月の、過ぎるまではと、思ってきたが、月が移り、新しい月となって、どうしていいか、わからなくなり、岩がごろごろの、岩の門に、朝は出て嘆き、夜は家に籠って恋い、黒髪を敷いて、ぐっすり、眠ることもなく、ゆらぐ船に、乗ってるように、思いがゆらぐ、そんな夜が、数えきれない。

この歌は、相手の男が亡くなった年時から最初の九月が過ぎた嘆きの歌である。つまり書かれた時期は十月の初め頃である。額田と天智だとすれば、天智の亡くなったのが、六七一年十二月だから、六七二年の十月（現在の暦では十一月）ということになる。つまり書いた時期まで書き込んでいる。あなたと私の九月が過ぎましたよ、と語りかける。このときすでに壬申の乱は終わっており、額田王は不安定な立場に立っていた。「どうしていいかわからない」のフレーズに近江朝敗北の後の動揺も籠められているのかもしれない。

むせぶような思いの強さの表現が、個性的である。姉の鏡王女《かがみのおおきみ》はもっとウィットがあって冷静である。

と同時に、まるで関係代名詞でも使ったかのように語句を絡み合わせ、うたをつなげていく息の長さに特徴がある。思いが終わらないのである。

すべてがさすがに額田王らしいと思わせるが、とくに私を驚かせたのが「天地《あめつち》に　言満《ことみ》てて」というフレーズのスケールの大きさである。

宇宙を、あなたへの恋歌で満たしても足りないという。

うたびとは、二種に大別できる。一方は感情がみずみずしく誇張法の巧みな者、一方は物静かで控え目な者である。この作者は明らかに前者であるが、ここまで言えることが凄い。

小学館全集や鴻巣盛広のように「言を足らはし」「言を満てて」と読んでもそう変わらない。本居宣長《もとおりのりなが》は誤写があるとして、ほかの歌も参考に「みちたらわして」と読んだが、この場合は天地に恋を満ち尽くしてという意味になる。これでも大変な想像力だが、「みちたらわして」という長ったらしさがどうも詩的でない。私は鴻巣盛広の「言を満てて」をさらに一歩進めて「言満てて」と読みたい。この方がはるかに秀れた表現だからである。

詩歌として、言葉として、世界の長い文芸の歴史の中で、「詩を宇宙に満たして」と書いた者は一人もいないと確信する。

詩歌を書く者から見れば、千五百年破れない世界記録のような表現力である。私はこのフレーズを見たとき、すぐにバイロンと李白を想起した。言葉の世界で最高の高さのジャンプを果たした詩人たちである。この二人にこのフレーズを見せたいと思った。

「うわっ！」といっただろう。「ジパングには七世紀に詩《うた》の女神がいたのか」と。

李白より百年も早い。

詩歌を作る者は、最も高いもの、最も美しいもの、最も深いもの、最も憧れるものなど感性の極みを表すべく生涯努力し続けるもので、こういうスケールの大きな表現をつねに探している。したがって、そういう人がこういう表現に会ったときは、わがことのように喜び、讃嘆し、憧れる。

私は一目でこの表現を世界級と思った。それは人麻呂の厳《おごそ》かさを表す表現力、芭蕉の深みの表現力と同じようなものである。並みの感性では表せないまっとうな自己肯定の極限を表している。

七世紀半ばにこれだけ高い表現力を持つ女性のうたびとといえば、額田王しかいないではないか。ほかにいるとすれば鏡王女くらいであるが、鏡王女は長歌を遺していない。また作風ももうすこし冷徹で合理的である。

内容と表現力が高度だから額田王だろうという論の立て方はおかしいという方もいるだろうが、何度もいうようにこの時期、歌を自ら字で書ける女性そのものが少なく、もしいたとしたら、必ず名前と歌を出していたろうと思われるからだ。

可能性はもちろんゼロではない。それなら、額田王とはまったく違った趣旨の歌を書いたであろう。人はみな違った歌を書く。とくに、額田王、人麻呂くらいになれば、風格の違いなどでどうしてもこの人とわかるところがある。

その高さからいうのである。

こういうフレーズがすらすらと使え、長く続けられる才能と精神、この大きさと強さが常人離れしている。まるで「うたびと」という結晶棒を見ているような表現である。

時期について見ても、この長歌に反歌のないこと、使っている言葉の文法的な特徴から、柿本人麻呂《かきのもとひとまろ》以前、六三〇年から六七〇年くらいまでと思われる。ちょうど額田王の生きていた頃の歌である。

表現をつぶさに見ると、一つの特徴が浮かんでくる。

「恋ふれかも　胸の病みたる　思へかも　心の痛き」という已然形《いぜんけい》と感嘆詞の使用で、強調をつなぎ、高まらせ、歌を重層化していく語法である。この已然形の多用こそは額田の特徴でもある。これは新たに額田作と想定した作品にとくに顕著に見えるものであるが、額田は已然形を多用して、○すれば□、▽すれば◇、×すれば△というように、感情を積み上げていく。

フレーズを続けるほどに、感情が絡み合いながら、厚みを加えていく。これは一般的かと言うと、そうではない。額田の時代の約七十年後の大伴坂上郎女《おおとものさかのうえいらつめ》の長歌はなかなかすぐれたものだが、已然形の多用は見られず冷静である。

人麻呂の重層性もまた違う。畳みかけるところにやや似たところがあるが、人麻呂の堂々と太鼓を叩いて行くような力はまた別ものである。

この長歌の場合、文章の切れ目が判然としないかのような、複雑なつながり方をする。こみあがって、高揚していきつつ、整合性も保つ。「え」行の残響でつながっていく趣である。

感情積み上げ型の情熱のうたびとである。振り返ってみれば、そういううたびとはそういるものではない。これは額田王の個性である。しいて言えば、このバイタリティは新たに推定した吹黄刀自《ふきのとじ》の歌と通ずるものがある（澤瀉久孝《おもだかひさたか》により、吹芡刀自《ふふきのとじ》は書き写し間違いと見る）。いかにも母娘《ははこ》だというしかない。しかし、それでも違いはあって、吹黄刀自の場合、そのエネルギーはより爆発的で、女性らしくない荒々しい語彙世界を持っている。

額田の場合、するどい直観で高めた感情は、ほとんど精神化する。感情が信仰化するというべきか。そのような精神はおそらくまなざしに出る。

そういうまなざしの女流歌人としては与謝野晶子が上げられる。晶子の思い詰めたようなまなざしは、どのうたびとにもないようなものだ。この晶子も、鉄幹への思いを信仰化したようなところがあった。

総じて、この歌と次章で述べる3250は、一〇〇パーセント額田王の歌と私は信ずるが、この歌には額田王作であろうと推理できるもう一つの決定的な証拠がある。

二、万代に　語り継がへと

3329の長歌の嬉しいところは、二人の語り合いを表していることである。ふつう、そういう歌はあまりない。恋しいと書き、来てほしいと書き、あなたより私のほうが思っているというように書くことはかなりある。しかし、私とこの人との間にはこういうことがあったとはなかなか書かない。また、短歌にはそれだけのことを書く長さがない。

しかし、この歌はかなり具体的に二人のやりとりを書いている。

これがほかにないのは当然で、だいたい女の人の長歌がないのである。そのうえ表現力もない。だから、これだけが恋の内容をつぶさに語っていることになる。

人麻呂歌集の恋歌も短歌のわりにさまざまなケースを具体的に表している。人麻呂は意図的に恋の全パターンを集めようとして取材して書いたと思われる。

しかし、内容はいろいろだが、ぜんぶ人麻呂調である。

この歌の作者が一生懸命に伝えようとする二人の睦言《むつごと》のなかみを聞いてみよう。

（この九月《ながつき》を　我《わ》が背子《せこ》が
偲《しの》ひにせよと
千代《ちよ》にも
偲《しの》ひ渡れと
万代《よろづよ》に
語り継《つ》がへと
（始めてし　この九月《ながつき》の　過ぎまくを　いたもすべなみ）

二人にとって九月がいかに記念すべき時であったかを、恋人の言葉で繰り返しいい、ついには「万代に語り継がれるように」といったという。

恋人の男は愛する女がうたびとで、歴史に残る歌を書くと信じていた。だから、永遠に語り継がれる恋にせよと命じた。こんなことを命ずる男がいるだろうか。

こうあればいいと思うことを、命令形でいうのは帝王であろう。あるいは、全権を自ら勝ち得た皇帝であろう。天皇でもこうはいえない、と私は感ずる。日本の天皇でこれがいえるのは、雄略と天智くらいではないか、と。

そうすれば、この頃としては、天智天皇だということになるのである。私はそういう皇帝が好みなのではない。ただ、天智ならこういえる、と感ずる。雄略もいう。しかし、継体でも、応神でも、仁徳でもこうはいわない。ほかの支配者では力が足りないと感ずるのである。

圧倒的な支配力を持った人物の持つとほうもなさ、それがこの命令形にはある。おそらく世界の歴史にも、うたびとの女をわが物とし、この恋を永久に残せと命じた皇帝はいないと思う。こんなふうに、ふつうなら浮き上がってしまう命令もできたのが、天智天皇であり、それに真面目に応えようとしたのが、額田王だったのである。

ふつうの話ではない。これが生真面目にできたということが、この二人が天智と額田であった証拠であろうと、私は考える。

文字表現ロマンティシズム

万葉の初期は、こういう支配者と強い表現意欲を持つ女を生み出す時代であった。

この日本で、文字表現で自分自身を伝え遺すことができることを自覚した最初の人々であるから、永久に遺すということを純粋に願望し、言葉にもした。とくに天智と額田は本気であったと感ずる。天智は、文化政策に力を入れ、和歌も漢詩も、積極的に創作のための会を起こしていた。作品も残っていた。それらがこの国を造ることになると信じていたと私は思う。残念なのは壬申の乱で、すべてが灰燼に帰したことである。ほとんど何も残らなかった。

天智は、聖徳太子が宗教で始めようとした文化政策を、学問と詩歌で作り上げて行こうとした。

額田もまったく同じ気持ちだった。この二人の気持ちの一致は、中臣鎌足《なかとみのかまたり》と天智の政策上の一致に等しいくらいだったと思われる。

実際に、彼らの恋は語り継がれた。この本もその恋を語り継ごうとして書いている。

額田は、姉の恋人であるこの男を最高の男と認め、あらゆるものを懸けてこの恋を実現するという決意で自ら男に迫って行った。そして男に決意させた(次章)。男の側からみれば、女は弟の妻であった。それを奪い取るのはいかに権力者であっても、無礼なことであった。たがいにそういう困難を超えた恋であったから、なお、ほんものの恋としなくてはならなかった。

中臣鎌足は天武にも、大友皇子《おおとものおうじ》にも、自分の娘を嫁がせているが、自分自身と一心同体と思っている天智には娘を嫁がせていない。それは、天智と額田の恋を間近に見ており、そのあまりの真剣さに、娘を差し出すことが出来なかったのではないかと私は推察する。

おそらく、額田王も盟友と同じだったのである。

この三人は、人にいうのもはずかしいほどのロマンティシズムを共有していたと思われる。しかし、それに等しいくらい賢くもあったのだ。

現代人は、万葉の時代が最もロマンティックな時代であったことに気づかないでいる。いや、歴史学者たちもそうだったといっていいかもしれない。

自分の恋を永遠に遺すというような馬鹿げたロマンティシズムなしには、すべてを改新するということも思いつかないのである。朝廷に最初の大学を作り、詩歌の会も起こした。

最近世間を騒がせている最初の元号「大化」を作ったのも中大兄である。こうした改新を行うには、恥ずかしいほどのロマンティシズムが必要なのだ。

ここで、そのロマンティシズムが起った事情を説明しておこう。

この時代に「万代《よろず》思想」という思潮のあったことは何人かの学者が指摘しているが、その理由は、日本人が初めて文字を使って記録することを知ったことにあった。それまで、歴史は稗田阿礼《ひえだのあれ》のような暗記する仕事をする氏族の仕事であった。彼らは万葉の時代にも存在した。帰化人も外交関係などの記録は持っていた。

聖徳太子が国記などを残そうと努力し、やっと文字で書かれた資料も出来つつあったが、まだ少なかった。やっと人々が、文字を学習する熱にうなされるようになった時代であった。

間人連老《はしひとのむらじおゆ》や吹黄刀自《ふきのとじ》ファミリーなどはそのさきがけであった。「額田メモ」の名で呼ばれている巻一の材料となったとされる資料は、その貴重なものの一つだったろう。

そして、第十三巻の最初の形の長歌だけを集めた古歌集もあったはずである。もしかすると、それは額田王がまとめていたものだったかもしれない。

いやもしかすると、万葉集を最初に編纂していたのは、額田王だったかもしれない。天智天皇の意思も受けて。「万代に　語り継がへ」と命じられていたのだから。

これらが六五〇年頃の文字資料とすれば、それより三十五年ほど前にある日本人が大きな文字資料を遺した。聖徳太子の『三経義疏《さんぎょうぎしょ》』である。

事の始まりは聖徳太子にあった。彼は、百済《くだら》、新羅《しらぎ》、高句麗《こうくり》の人々から文字を学び、本というもののあることを知り、朝鮮から紙、墨、硯《すずり》、筆の製造法を輸入して学び、数少ない仏教資料から、自分で漢文を書き、中国でも後に教科書として使われるこの『三経義疏』を作った。

彼は文字文化を中国から輸入するために、遣隋使を派遣した。日本人が文字を使わずに生きていることが、どんなに悲惨なことかを、彼一人が知っているような活動ぶりであった。

彼は法隆寺を建て、そこに学問の府を創る。そこは「法隆学問寺」と呼ばれた。日本人の学問が始まった。そこで育った人々が初期の文字知識人である。万葉のうたびとたちは、そこから湧いて出た文字知識人たちであった。

文字で物事を記録し、自身の思いを書くことが、大きな興奮を生んだ。人は永久に自分自身を書き残すことができるようになったのである。「万代思想」はそこから生まれた。文字を知ることは、日本人の気持ちを変えるような重大なことであり、ここで日本人は日本人になったということもできる。西洋の知識と触れた明治時代初期のロマンティシズムと似ている。

このとき生まれた「学問志向」が、その後の日本を作るものになったことは否定する者はいないであろう。

歌は当時、文字を使うようになった数少ない人々のなかでは、熱いブームになっていたと私は想像する。初めてわが気持ちを文字で表すという興奮は、いままでにないものであったに相違ない。その代表であった人たちが、額田王と人麻呂である。人麻呂があれだけの歌を収集し自分も歌を書き続けた熱心さを思えばわかる。

額田王もそれに負けない人であったろう。というのは、額田王は女性であるから、文字を習得するには不利な条件にあったはずだ。紫式部が兄弟の勉強するのをそばで聞いていて学んだというようなよい条件でもあったのであろう。

そう思っている時に、私の考えを完全に説明してくれるような考え方のあることを知った。宝賀寿男《ほうがとしお》の『古代氏族系譜集成』の鏡王《かがみのおおきみ》系譜を見ると、額田姉妹の父、鏡王の妻は吹黄刀自と記されている。そうすると万葉集で、額田姉妹、十市皇女《とおちのひめみこ》の歌の傍に歌が置かれている吹黄刀自は、額田姉妹の母であり、十市皇女の祖母だということになる。この根拠は知らないが、このことが、額田の出生から、これらの歌の解釈に至るまですべての謎を解く。

母、吹黄刀自はそれこそ最初の文字を書く女性うたびとであり、額田姉妹に幼時から読み書きと歌の教育をしたと思われる。それでこの姉妹がうたびとになった。第四巻の姉妹の応答歌のあとに吹黄刀自は姉妹を慰めるような歌を書いている。

十市皇女への歌も、孫娘を気遣う祖母らしい歌である。

歌の解釈がすべて理解できるものになるということは、事実であるに相違ない。鏡王がある時期に為奈真人《いなまひと》姓を名乗るようになり、額田姉妹も臣下となったと考えられることも、二人の後の身の振り方を説明する。

姉の鏡王女とともに、母、吹黄刀自について文字を学び取ったことが、宮廷のなかでも彼女らを特異な存在にしたことは間違いなかろう。当時の女性は、数え年十二、三歳で嫁がされた。幼時から教育されなければ、文字など覚えるいとまはなかったのである。

姉妹はまたそれにふさわしいだけの才能を持っていた。文字を書けるだけでは歌は書けない。彼女らが天智、天武、鎌足らの間でヒロインの役を果たしたのは、それだけの才能と精神のエネルギーを持っていたからだろう。このことは、第四章にくわしく書く。

時代を創ろうとする男たちも、文字を知り、文学意識も持つこの女性らを尊重したに違いない。文字表現ロマンティシズムはこういう状況から生まれた。額田王はその先頭を走り、その軸から国は生まれ、充実していくと天智も信じ、命じたのである。この世のすべてを決める男が命じたのだから、万葉集を最初に命じたのは天智天皇だということになろう。

天智の感性と母、斉明

天智の「万代に　語り継がへ」について、もう一つ、いわなければならないことがある。

それは天智の母親、斉明《さいめい》（皇極《こうぎょく》）天皇の話である。時代を動かした天智の感性は、母親のDNAにもよっていた。

斉明の歌は、日本書紀にたくさん出ている。彼女の歌は感情的で、ほとんどが短歌である。

孫の建王《たけるのみこ》（天智の長子）が八歳で亡くなったとき、歌をたくさん作って悲しんだ。なお、歌に出てくる「今城《いまき》」は孫のいた地である。

今城《いまき》なる　小丘《をむれ》が上《うへ》に　雲《くも》だにも　著《しる》くし立《た》たば　何《なに》か歎《なげ》かむ
射《い》ゆ鹿猪《しし》を　認《つな》ぐ川上《かはへ》の　若草《わかくさ》の　若《わか》くありきと　吾《あ》が思《も》はなくに
飛鳥川《あすかがは》　漲《みなぎら》ひつつ　行《ゆ》く水《みづ》の　間《あひだ》も無《な》くも　思《おも》ほゆるかも
山越《やまこ》えて　海渡《うみわた》るとも　おもしろき　今城《いまき》の中《うち》は　忘《わす》らゆましじ
水門《みなと》の　潮《うしほ》のくだり　海《うな》くだり　後《うしろ》も暗《くれ》に　置《お》きてか行《ゆ》かむ
愛《うつく》しき　吾《あ》が若《わか》き子《こ》を　置《お》きてか行《ゆ》かむ

といった歌を作って、痛み悲しみ「乃《すなは》ち口號《くつうた》して曰はく」とある。口で唱えたということである。そして、最後の二つは二つで一つであろう。そしてこう続く。

秦大藏造萬里《はだのおおくらみやつこまろ》に詔《みことのり》して曰《のたま》はく、「斯《こ》の歌《うた》を傳《つた》へて、世《よ》に忘《わす》らしむること勿《なか》れ」とのたまふ。

母の斉明天皇も、同じように世の中で忘れられないようにせよと命じている。

天智が「万代に　語り継がへ」と言ったのと同じである。感情的で、永久志向が強いことは母親の遺伝子なのであろうか。斉明が天智とまったく同じＤＮＡを持っていたことを感ずる。二人が何かにつけ、感情的になり、歌を唱えて涙にくれたという話が日本書紀に出ている。ほかの天皇にはない話である。

天智は六六一年母が亡くなったとき、歌を書いた。

君《きみ》が目《め》の　恋《こほ》しきからに　泊《は》てて居《ゐ》て　かくや恋《こ》ひむも　君《きみ》が目《め》を欲《ほ》り

ただあなた恋しさに、ここに船泊まりして、ただ恋しさに、泣くばかり。

感情そのままの歌である。天智は間違って蘇我倉山田石川麻呂《そがのくらやまだいしかわまろ》を死なしめたとき、娘で彼の妃だった遠智娘《おちのいらつめ》が悲しみで病気になり亡くなってしまった。そのとき、遠智娘を悼む歌を作った者にほうびを出し、その歌をうたって自らも泣き悲しんだ。母の斉明と同じである。

天智は額田王との恋を、これ以上のものはない恋と思い、その恋を物語にしようとしていた。彼はそれを最も誇らしい自分の証明のように考えていた。それは常人離れしたところだともいえる。政治的には抹殺されたかのような近江朝を、何人かの人が、天智と額田のロマンティシズムに共感し、残そうとした。それが今明らかになり、近江朝もすこしは見えてきたのである。

　鴻巣盛広の全釈はこの３３２９に関して、研究史上、いろいろな説があったことについていていろいろ述べたうえで、「かなり傑出した逸品とするのを憚らぬ」としている。いろいろな説というのは、この歌の「せむすべの　たどきを知らに」以下十九句が、別の長歌として、この巻の相聞の部の中に３２７４として収められているからである。

　その相聞の長歌には、「ひとり寝《ぬ》る　夜《よ》を数《かぞ》へむと　思へども　恋の繁《しげ》きに　心《こころ》どもなし」という反歌（３２７５）がつけられている。諸説の中には、その恋の長・反歌が先で、さまざまなものを張り合わせて作ったのが、３３２９であるとするものもある。この３２７４、５は、吹黄刀自と額田王の相聞の歌の近辺にあるのは気になるところではあるが、全体の凄みからいって長い挽歌のほうが先であろう。

歌の力のある後世の誰かが、いたずらをして、相聞の歌を増やしたのではないかと思う。挽歌に反歌がないということは、額田王としては自然である。したがって、本書では3274、5は、額田作品として扱わないこととする。

3329については、鴻巣の「逸品」の一語が正しい。額田の最も額田らしく、天智の最も天智らしいところの出た作品である。この恋を永久に遺すというのが近江文化の発端であり、近江の主張でもある。それが後に人麻呂の「辛崎《からさき》」の長歌（0029、つがの木の／いやつぎつぎに）につながり、芭蕉の「辛崎の松は花より朧にて」にもつながり、私のこのとほうもない提言につながる。

三、九月の意味

ここで、繰り返し語られる九月についても述べておきたい。これは額田と天智の恋を生む決定的な事項だったのだ。

万葉集を生み出すものともなった近江の波は、六五六年の九月から始まる。額田と天智（中大兄）が初めて恋に落ちた九月から、万葉も始まり、詩歌文化も始まったと極言することも可能なくらい、その九月の出来事は、重要だったのだ。その九月を永久に遺す、という意思が天智にも、額田にもあった。ただし、この九月は旧暦だから、季節としては今の十月である。

　額田の万葉集最初の作品、「秋の野の　み草苅《か》り葺《ふ》き　宿れりし　宇治《うぢ》のみやこの　仮廬《かりいほ》し思《おも》ほゆ」（０００７）は、書いた年まで明確に示している。表題にある「明日香川原宮《あすかのかわはらのみや》御宇天皇代」は、斉明天皇の代と言っているが、この宮は六五五年の火災の後、たった一年使われた宮で、ただ斉明であることを言いたいならば、板蓋宮《いたぶき》でも後の岡本宮でもよかったはずなのである。

　万葉集の冒頭の作品の並びは、吉井巌《いわお》、松田好夫らによって、額田メモによって作られたらしいとされているが、「明日香川原宮御宇天皇代」と記したのも額田王自身と思われ、まさにその年の九月を遺すという意志を、この一行にこめたものと私は感ずる。

　たった一年しかないこの表記を選び、時は六五六年九月で、場所は宇治比良の都と書きつけている。その時、その場所を刻み込む意志はまさに明確である。橘《たちばな》守部もその一年を指定するための「標」として、明日香川原宮と書いたのだと述べている。

宇治比良《うぢひら》の宮は辛崎（滋賀県大津市）の近辺であろう。欽明《きんめい》六年に琴御館宇志丸《ことのみたちうしまる》という人物がここに居住して神社を造り、現在の辛崎の松の元となる松を植えた。この地に皇極天皇が行幸して以来、中大兄はこの地を好んだと見られる。よほど気に入ったことがあって、世紀の恋の場所に選んだのであろう。ついにはそこに宮廷も作る。

この一首が万葉集のこの位置にあるのは、おかしいという説はいくつも出た。皇極の御代とすれば、もっと早い時期ともとれるから、そうなれば額田が七、八歳から二十五、六歳まで大きな幅で考えられる。そこへ奇妙な左註を書いた人物がいて、皇極の早い時期の行幸の年次を書いたことから、額田が早くから皇極の代作者となっていたと考えられ、皇極と額田が初めから親しかったように考えるため、額田の系譜までそれにこじつけて想像しようとした。

皇極（斉明）の治世は、孝徳の代を挟んで、二十年近くに及ぶ。ここは、書かれているとおり、六五六年ととるしかなく、そう限定すれば謎のすべてが解ける。

素直にその一年しかない宮の名を記したことに、額田自身の、あるいは原万葉集編纂者の意図を読み取れば、「私達の恋が始まった年代と場所はここです」という宣言となっているのである。

額田個人の経験だとした人としては、江戸時代後期の富士谷御杖《ふじたにみつえ》がいたが、相手は天武か天智だとしている。

九月は、額田と天智の恋のトランペットのようなものだ。伊藤博《はく》の『万葉集釋注』でもとくに「この歌では九月がことのほか重視されている」とし、「十四句もかけて『九月』のことを叙述し、そこに二回にわたって『九月』を登場させているのであるから、二人にとって『九月』はよほどたいせつな月であったことが明瞭。」としている。しかし、もちろん額田と天智のことだとはしていない。私には、この一行に込められた宣言が、ほんのわずかの人にしか見えないのが不思議である。

おそらくこの九月は、二人にとっても、政権にとっても、世の中にとっても、非常事態を招きかねない重大事だったのである。宮廷の話題としても、数年はこれが最もホットであったろう。当時はいえないことも多かったが、それだけに噂話に明け暮れていたとも思えるのである。

巻一0016の額田王の「春山と秋山の比較の歌」も、「私は秋が好き」と答えており、後に解説する巻十三の3223~4も、秋の歌である。これらの歌のやりとりをしているうちに、天智は額田を奪う決意をしたのである。

九月を歌う相聞はたしかに他にもあるが、この二人ほどそれを大事にした者はいない。この二人は病的にといっていいくらい最初のつながりを大事にする。いや、病的というより、この恋が精神化しており、九月という合言葉がその軸になっている。

この二人は、真の恋をするのは私達二人以外ではあり得ないと、二人ともに確信するような、特別な共感によって結ばれたのだ。

ここで、章を変え、もう一つの決定的な歌に話を移そうと思う。この巻の3250から3254までの五首で、このうち三首は私が推定する額田王の長歌と反歌二首であり、後の二つは柿本人麻呂が額田の歌にヒントを得て試作したと見られる長歌と反歌である。

第二章　われは言挙げす

一、日本最古の主体性宣言

日本語のなかで、最も言えない言葉がある。それが「我は言挙《ことあ》げす」である。現代でも、もし私が言うとしたら、「私はあえて言挙げします」という。「あえて」と言わなければ、私はおかしな人間と思われるだろうと、畏《おそ》れるからだ。何者も畏れないと思う私自身が畏れる。それは私達日本人の心の中に深くたたき込まれた恐怖心なのであろう。

神道は説く、神でさえ「言挙げ」しないのだと。人間であるおまえが、「言挙げ」するというのか。

日本人はなぜかそういわれているように感じている。これは神道なのであろうか。ただの日本人の感覚なのであろうか。何かを言い出すことを畏れる。自分に何か特別の思いや考えのあることを「私は…」と言い出すことは、いけないことではないかと感じている。

これは日本の家庭教育のせいなのか、無意識のうちに刷り込まれた自然宗教のようなものか、はっきりということができないような気がする。

これは日本文化の中心にある鉄則の一つと言っていいのではないか。ある意味で、日本文化は底知れぬ謙虚の上にあると言ってもいい。お前が、そんな目立つことを言わないでもいいということだ。

「これが私の考えだ」とは言い出さないということだ。神でさえ言い出さない。なんと恐ろしい申し合わせであろう。そのうえ、なんと賢明な申し合わせであろう。

実際、「これが私の考えだ」と誰かが言ったとき、それはおおかた錯誤、混乱でしかないとしばしば我々は思う。誰かが新しい何かをいえば、まず眉唾だと思った方がいいという気持ちを持っている。

この本もそうだろうか。私の中の日本人は、やめたほうがいいのじゃないかと私に忠告する。「これは言挙げだよ」と。ああ、しかし、……。

そういう新しいアイデアを畏れる申し合わせのなかで、日本の歴史、文化史は進んできた。実際は権力や権威はつねにあり、権力者や権威者の考えの下に歴史も文化も進められてきたから、誰かが決めていたことも確かなのである。しかし、それでも「言挙げ」はしないという怖れをみんなが持ち合ってきたのだ。

それは長いものに巻かれて生きよという、奇妙な生き方を強いるものでもあった。天皇制の側からいえば、支配に対して何もいわせないために便利な心の習慣であったろう。つまり日本のこの伝統は議論が起こりようもない関係を創り出した。日本では、議論するというとそれだけで違和感を感ずるのはこのためである。

私の推定する額田王は、その申し合わせと心の習慣を破るような、その後の日本人も誰一人いったことのないような言葉で、恋の歌をうたった。この恋の気持ちは神もわからない、という。先の歌で「天地に　言満てて」を新記録のようなものといったが、これもまた誰にも破られていない日本記録のようなものである。では、その3250を見てみよう。

あきづ島《しま》　大和の国は　神《かむ》からと　言挙《ことあ》げせぬ国　然《しか》れども　我《あれ》は言挙げす
天地《あめつち》の　神もはなはだ　我《あ》が思《おも》ふ　心知らずや　行く影の　月も経行《へゆ》けば
玉かぎる　日も重《かさ》なりて　思へかも　胸《むね》安からぬ　恋ふれかも　心の痛《いた》き
末《すゑ》つひに　君に逢《あ》はずは　我《わ》が命《いのち》の　生《い》けらむ極《きは》み　恋ひつつも　我《あれ》は渡

らむ　まそ鏡　正目《まさめ》に君を　相見てばこそ　我《あ》が恋止《や》まめ

蜻嶋　倭之国者　神柄跡　言挙不為国　雖然　吾者事上為　天地之　神文甚　吾念　心不知哉
往影乃　月文経往者　玉限　日文累　念戸鴨　胸不安　恋烈鴨　心痛　末遂尓　君丹不会者
吾命乃　生極　恋乍文　吾者将度　犬馬鏡　正目君乎　相見天者社　吾恋八鬼目（3250）

あきづ島、大和の国は、神でさえ、言挙げしない国です。しかし、私は言挙げする。天地の神も、私の思い、心がわからないのか。月日がどんなに過ぎて行っても、思えば思うほど、心が苦しくなり、恋えば恋うほど心が痛む、しかしついにはあなたと逢うために、私は命のかぎり、あなたに恋する。澄んだ鏡に真向かうように、真正面からあなたを見るまでは、この恋はやむことがない。

3250の作者が額田でないとしたら、日本の六五〇年頃のまったく無名の女性がこんなすごいことを言い出したということになる。ありえないことだ。男でもいったことがないことである。しかも、それをこれだけ知的にまとまった長歌にしている。文字を書けるかどうかさえ問題にならない。いまでも、日本人の誰も書けない歌である。

神をも畏れぬ女、額田王しかないであろう。宇宙（神）に対して、人間の感性の無限は、無意味に対する意味としてはっきり対立する。すべてをかねそなえた神には、意味が生じないということをいっている。

まだ二十歳の目をみはるような可愛い女が、国の第一の権力者に対し、女は私と決めなさい、さもなくば私のこのいのちの願いは満たされることはないと迫る。神がなんといおうと、それが私の意志だと。

これは額田王の中大兄《なかのおおえ》に対する最後の口説き文句だったろうと推測する。

0016の「秋山」の歌と、後に挙げる3223～4の歌を届けた後、額田王はこの3250の歌を決定的な告白として中大兄に送ったのであろう。というのは、この時点では、中大兄と額田はまだ結ばれていなかったことが、歌の内容から明らかである。

そのうえ、額田王は神も〝はなはだ〟私の心を知らないとまで言う。神も自分と同じ次元、いや、はなはだものを知らない者なのである。「はなはだ」を「いたくは」と読む人もいる。つまりそのいたみまでは神は知らないという。

人間個人の感性の、痛みを覚える内部は、神さえも届かないところだという人間宣言をしている。まさに哲学者の見通しである。弱点のない神には痛みなどあるはずはないからだ。

古代にもここまで考えている人がいた。しかもまだ若い女性である。このすこし前に聖徳太子もおり、十数年後には人麻呂も出るのだから、いてもふしぎはないといえるかもしれない。

しかし、それにしても、立派である。また、このすごみある慧眼に感じた中大兄もまたすごい。

もし誰か、この発言者を罰したいと思う者がいれば、当時なら、神をも畏れぬ言葉を出したと告発し、処刑にまで持って行くこともできたであろう。

中大兄は、自らの手で蘇我を潰し、十九歳にして全権を手に握った男である。頭も切れ、実行力もあり、その後の統治にも成功した。自ら皇位に就いていないが、母や叔父を代わりに立て実際上、完全に支配統治していた。

中臣鎌足というよいアドバイザーもいたが、この才知ある男は一度も中大兄に逆らうことなく、国家を運営した。皇位に就かなかったのも、鎌足のアドバイスによってであったが、その鎌足が全面的に信頼したのが中大兄の大きさであったと見るべきである。

何でもできる男、中大兄は、白村江《はくすきのえ》で唐・新羅連合軍に敗戦しなければ、まったく判断ミスのない男であった。自分も人々も完全な男と恃《たの》んだであろう。すべてがうまくいくと、まわりの人は、特定の人を神格化して見ることがある。中大兄はそういう存在だった。

中大兄は、いかに自分の権威が圧倒的でも、自分の弟、大海人皇子《おおあまのおうじ》の妃で、幼い娘もいる額田王を、すぐに奪い取ろうとは思わなかった。が、その額田のほうから、二度、三度と恋歌めいた歌を贈られた。

容姿や雰囲気も、まわりの女たちを超えていた。

その魅力に悩まされ、おそらくその前にも鎌足に相談してはいたであろう。鎌足には、やめたほうが賢明であると忠告された。

しかし、最後にこの「言挙げ」宣言が届いたのである。ここで中大兄の気持ちは変わった。この女こそ自分にふさわしい女だと直観したのである。ここまで言う人間の凄みを感じ、これを逃しては二度と会うこともない女性だと思った。

これが私の推定する筋書である。

彼はおそらく鎌足にも宣言したであろう。この女と日本の文化を作りたい。この女を除いていっしょにそれができる女はいない。

なんとか思いを果たさせてくれと。鎌足はこう言ったと私は思う。

「自分の一番愛するものを、手離すことができるなら、…」

「それは?…」

「娘たちですよ」

それぐらいしなければ、大海人は納得しないだろう、と鎌足はいう。しばらく沈黙した後、中大兄はいった。

「このためには、何ものも惜しくない」

鎌足も、決心の強さを感じ、もう反対はしなかった。

中大兄は大海人を呼び出し、話し合いをした。率直に希望をいい、自分の娘の大田皇女《おおたのひめみこ》をすぐにも大海人の妃とし、来年にはより若い鸕野讃良《うののささら》(後の持統天皇)

も嫁がせるといった。新田部《にいたべ》も……といって中大兄は笑った。新田部はまだ幼子だったから。

大海人は、しぶしぶこの話を受けた。

彼は兄の作った権威によって、二番目の地位を築きつつあった。額田王を娶ったものの、額田の心が兄に傾いているのも感じていた。同意した主な理由は、額田の意志が固く、自分に対しては気持ちが醒めているのを感じていたからだった。兄がくれるという大田と鸕野も、まだ少女だが可愛かった。

この二人をくれるということは、次の皇位を約束してくれたにも近いと思った。

中大兄は歓喜に包まれた。すぐに額田を思い出の地、宇治比良の地へ連れて行った。そこは彼の別荘のようなものだった。以前、母の皇極の行幸のときについていってから、お気に入りの土地となっていた。

額田との日々のために、新しく葺いた萱がまだ強い匂いを放っていた。

そのときの歌が先に述べた007の仮廬《かりいお》の歌であろう。二人はここに二週間くらいはいたであろう。この間は、鎌足が政務をとった。

この大胆無比、日本人ならいえない言葉を、明言して主体性宣言のような歌を恋する相手にぶつけた女性から、日本の詩歌文化は始まったともいえる。これを受けた中大兄の直観も正しかった。ここから日本の詩歌の歴史が、着実な足跡を残していく。

読者は私が文芸よりにものを考えすぎると思うかもしれない。しかし、この時期、日本には詩歌の世界は何もないに等しかったのである。古歌を暗誦する人はいたが、文字で記録されていなかった。歌を作る人はいたが、その記録もないに等しかった。

儀式に使う歌もそのときそのとき作られてはいた。

そこへものを書く人がすこしずつ現れた。女では鏡王《かがみのおおきみ》の妻と幼い娘二人が歌を書いた。中大兄はその姉を娶った。ところが、鏡王が弟の大海人に差し出した妹のほうが自分に迫ってくるようになった。彼自身、惜しいと思っていた娘だった。

その娘は自分を驚かすような歌を送ってきた。彼は、これだと思った。思いを記すことがこの日本でも始まる。そうでなくてはならないと思って、鎌足とともに改革を進めてきた。

この女との恋で何かが始まる。きっとそうなると直観した。

彼は学校を作り、詩歌の会も作り、文化と学問でこの国を興そうと思っていた。それには、この女の示すような人間としての明確な意志が必要だと考えた。それが彼の決意であり、万世に語り継ぐことであった。

さて、この激しくも、まっとうな、自己主張の歌をいままでの人はどう評していただろうか。

学者たちの評価は、宮廷歌謡、民謡だとするものが大部分である。

土屋文明は『万葉集私注』で面白い評価をしている。

> 反歌によると、地方の任に赴く官人を送る場合の歌と見える。詞句の事々しいところの多いのなども、さうした場合に謠ふためのもので、特定作者の實感を豫想して解くべきものではない。或はさうした場合の宴席などで誦唱されたものかも知れない。「神からと　言上げせぬ國　然れども　吾は言上げす」あたりの句の運びは、さう考へて初めて腑に落ちる。其の程度の歌と見れば、句の運びも巧みで、ゲイシャガールに謠はせてもひどく野暮ではない

かも知れぬ。しかし決して古雅ではなく、集中では下品以上に位することは出来ない。新しい姿の民謡である。

私が思う、日本精神史上、最も大胆な人間主体主義の歌が、こういうふうに解釈される。これも人の世かと思うのみである。しかし、この歌を高く評価する人もいる。全釈の鴻巣盛広はこういう。

吾が國を言擧げせぬ國と言ひならはしてゐる稱呼の神聖さを尊重しつつも、戀故にはこれも冒瀆して、我は言擧げすと言ひ放つたのは、當時に於ては實に驚くべき大膽さで、神聖な傳説への反逆兒の聲である。さうして天地之神毛甚吾念心不知哉と神をも呪つて、唯、戀人を正目に見むことを祈つてゐる。呪咀と呻吟との交錯した情熱的表現と言つてよい。

こうも解釈、評価が違う。私はこの鴻巣盛広からさらに一歩出て、これほどの意思を示せる女人はこの時期に額田以外にはいないだろうと推定したのである。

いや、この時期とは限らず、いままでこういう女人はいなかったのではないか。
この長歌についていた反歌二首をあげておこう。

大舟《おほぶね》の　思ひ頼める　君故《ゆゑ》に　尽《つ》くす心は　惜《を》しけくもなし

大舟能　思憑　君故尓　尽心者　惜雲梨　（3251）

大船のように、すべてをおまかせできるあなただから、何も惜しまず尽くすことができます。

ひさかたの　都を置きて　草枕《くさまくら》　旅行く君を　何時《いつ》とか待たむ

久堅之　王都乎置而　草枕　羈往君乎　何時可将待　（3252）

永遠に栄える都を放り出して、旅に出かけるあなた、いつ帰ると思って待てばいいのですか。

大船のように頼みに思う「きみ」が、都を放っておいて旅に出てしまう。信頼感が厚い。しかし、その男は都を離れいつも遠くへ旅立ってしまう。「ひさかたの」の歌は、「君待つと　我《あ》が恋ひ居《を》れば　我《わ》がやどの　簾《すだれ》動かし　秋の風吹く」（0488）と通うところがある。

ちなみに、3250の歌の終わりと非常によく似た短歌が巻十二にある。これはどう見ても額田王のものと思うのでここに挙げておく。

まそ鏡　直目《ただめ》に君を　見てばこそ　命《いのち》に向かふ　我《あ》が恋止《や》まめ（2979）

真十鏡　直目尓君乎　見者許増　命対　吾恋止目

鏡に向かうように、君と真向かうときがくれば、私の命の恋も終わるときが来ましょう。

こちらのほうが3250の内容と似ているが、あまりにも似ているため、反歌として並べにくいであろう。長歌の最後は「まそ鏡　正目《まさめ》に君を　相見てばこそ我《あ》が恋止《や》まめ」は五七七七となっているが、これを完全に五七五七七化すれば、

2979となる。歌の作り方は堂々として無駄なくなめらかで上手い。額田自身が長歌を短歌に作り直した可能性もある。

二、人麻呂の唱和

人麻呂は歌の蒐《しゅう》集者であったことは間違いない。人麻呂歌集は、歌の可能性を探りつくしたようなものになっている。とくに恋の歌について、さまざまなケースの歌があり、それはあたかもそこらあたりの人々に取材したか、あるいは恋の歌を書かせて、あるいは言わせて、自分は仕上げをしたかと思われる。

恋のパターンはさまざまであるが、歌の仕上げは人麻呂調である。一致しているところは、人麻呂調であることだ。しかし、やや格調は劣るようなところがある。

収集しながら修正し、その記録を遺すことを、いつも、つまり連日やっていたように見える。また歌の表現力は圧倒的であったが、過去の歌をよく学んでいること、独創的な表現を工夫して作ることなど、歌の作者としての美点をすべて兼ね備えていた。

後年、歌聖として崇められるのは、そういう総合力による。

学者的であったことは、上代歌謡の枕詞のほとんどを使用し、自ら作ったと思われる枕詞を多数使用していることからもよくわかる。

早く澤瀉久孝は、人麻呂作と人麻呂歌集の歌についての調査で、人麻呂の用いる枕詞は約百三十余種で、その半数は人麻呂作に初めて見るもの、残りの半数の半分は記紀に見えるものであり、ほかの半数は人麻呂以前の万葉集歌に見えるものと前後不明のものであると述べている（「枕詞を通して見たる人麻呂の独創性」）。笠金村《かさのかなむら》は使用している枕詞が二十数種で、独創のものは二種、赤人に至っては使っている枕詞は十数種で独創と見られるものは一種に過ぎない。

また、大塚美恵子によれば、確実に人麻呂作と思われる作品について、人麻呂は八十余種の枕詞を使っており、そのうち人麻呂作にのみ見られる枕詞は三十二種。一方、山部赤人《やまべのあかひと》の枕詞は十数種、山上憶良《やまのうえのおくら》と笠金村が二十余種で、この三人の作にのみ見られる枕詞はそれぞれ、赤人一、憶良一、金村一である。

研究と、開発の両面で他を圧倒している。たとえば、皇族に奉る歌の決まり文句は、「やすみしし　わが大君　高照らす　日の皇子」五六五四となっている。これは人麻呂から始まった決まり文句で、やや弱いもので、最後の「日の皇子」が「日の皇子の」と五音になるものがある。これは例外的な一首で、ほかの作者のものにはいくつかある。

古代歌謡では「やすみしし　わが大君」という決まり文句はかなりの数ある。しかし、人麻呂が固定させた決まり文句そのままのものはなく、それを逆転させた「高照らす　日の皇子　やすみしし　わが大君」（古事記歌謡28）とした例が一つだけある。音数は五四五六であるが、人麻呂が選んだ五六五四とは読み味がまったく違うことがわかるだろう。人麻呂の固定した決まり文句が、はるかに堂々として威厳のあることがわかる。五七五七…では出ない訥々とした破調の力強さである。人麻呂はこれをよく吟味して、定句と決めた。

上代歌謡のフレーズの中から、最もよい決まり文句を創り出したのである。

この人麻呂は、古歌と思われるいくつかの歌を自分なりに書き直している。それらは、習作とでもいえるものである。とくに琴線に触れたものに対して、そうしたと思われる。
この3250の長歌についても、人麻呂はなぞるようにして3253を作った。

第十三巻3253　柿本朝臣人麻呂歌集に曰く

葦原《あしはら》の　瑞穂《みづほ》の国は　神《かむ》ながら　言挙《ことあ》げせぬ国　然《しか》れども　言挙げぞ我《あ》がする　言幸《ことさき》く　ま幸《さき》くませと　つつみなく　幸《さき》くいまさば　荒磯波《ありそなみ》　ありても見むと　百重波《ももへなみ》　千重波《ちへなみ》にしき　言挙げす我《あれ》は　言挙げす我《あれ》は

葦原　水穂国者　神在随　事挙不為国　雖然　辞挙叙吾為　言幸　真福座跡　恙無　福座者
荒礒浪　有毛見登　百重波　千重浪尓敷　言上為吾　言上為吾

葦原の瑞穂の国は、神もそうであるように、言挙げしない国だ。しかし、その言挙げを私はする。元気に、いらして下さいと、災いなく、帰ってこられれば、生きて会うこともできる。百重の波、千重の波のように、言挙げする、私は。言挙げする、私は。

人麻呂は3250に驚き、遣唐使に赴く友を思う気持ちに替えて、この長歌を作った。おそらく私が驚いたような驚きを覚えたのだろうと思う。この頃、著作権についての意識はそうはなかったとはいえ、他人の作品の模倣は、作者としては後めたいこともあったはずで、私はこの歌などは、人麻呂自身が並べて記しておき、「柿本朝臣人麻呂歌集に曰く」と書きつけてあったものと想像する。

笠金村や大伴家持《おおとものやかもち》の調査の熱心さはわかるけれども、ここまで正確に類似した歌をみつけられるとはちょっと考えられない。

おそらく十三巻の元になった長歌集に人麻呂自身が書きつけていたのだろう。人麻呂はそういうまっとうな人だったのではないかと思われる。これくらい力のある人ならば、逃げも隠れもしないという気持ちはあるものだ。

この二つの長歌は、うたびとの魂がどれほど勇気あるものであるかを示している。

一般に人々はうたびとを、おとなしい人のように思っているかもしれない。確

かにうたびとは、戦争も起こさないし、人もめったに殺さず、実務より言葉によ
る表現に力を尽くすから、性格も温和で弱い人であるように思われている。
それは一般人の大きな誤解である。貧窮の時代に言葉による表現に全力を注ぐ
というような人は、言葉による表現が一番の重大事と思う人で、意識や精神の最
も強靭な人であるともいえる。
たとえば、人麻呂は天皇を神格化し、神と等しい者として厳かに歌うが、そう
いうことができる人は、いわば言葉で何でも作れるという自負を持っている。雰
囲気でも話でも作れてしまう。こういう人の意識が弱いはずはない。神以上の力
があるとは言わないまでも、神をどのように表すかは、自分にしかできない力で
あると知っている。それが芸術の術であるゆえんであろう。
従って、不遜といえば不遜、何者にも屈しない意識を持っていると強く自覚し
ている。それがうたびとである。
だから、人が口をふさごうとするような言葉も、言い方を工夫することによっ
て発することができると思っている。自分の言葉が人の心に入ることによって、
時代を超えて強く響いていくことを知っている。いや、かならずそうして見せる

と思っている。

それが万代に自分の心を遺すということである、とも思っている。天智にもその魂があり、額田、人麻呂、持統にもそれはあり、万葉集を編纂していこうとした後のうたびとたちにもそれはあった。だから万葉集がこの世に残ったのである。

人麻呂はどんな表現もできるという自負を持っていたであろう。神以上ともいえるほどの表現の意思があってこそ、新しい思想、新しい時代をも作るうたびとともなるのである。うたびとたろうとすること自体、最高度に烈《はげ》しくロマンティックなことなのだ。

人麻呂自身もそのことは自覚していたにちがいない。だからこそ、地位などはいっさい無視して歌づくりにすべてを懸けたのである。

その人麻呂が、驚愕したのが3250であったろうと私は思う。これほど志の大きな、神をも畏れぬ歌を書く人がいることに、心の底から驚き、その歌をなぞるようにして3253を書いた。ただし、この遣唐使は七〇二年のさいのものと思われるから、額田の3250から、五十年近く後に書かれたものである。

十三巻に「問答」という項があるが、その冒頭の3305とそれに続く反歌

3306、その次の長歌3307と反歌3308に対し、人麻呂は同じように一首、書き直してまとめた歌を書いている（3309）。この3306以下の作品がまた非常に優れた古歌である。私は人称転換のあることと、その語彙から吹黄刀自《ふきのとじ》の連作ではないかと思っているが、人麻呂もこれらの歌にはやはり驚いたのだろうと思う。

自分で纏めなおして、後につけて置く、これが人麻呂の整理の仕方であり、元歌に対する敬意の表し方だったのだろうと思う。

この恋愛至上主義の極限にあり、日本人みなの精神を試すような高度に主体的な歌を、民謡とか、宮廷歌謡とかいうのは、どうであろうか。

民謡、歌謡とはどういうものだったのか。だいたい、他の時代を眺め通しても、民謡や歌謡が芸術として扱われる例は非常に少ない。判官贔屓《ほうがんびいき》のようなものもあって、そこにもいいものはあるという態度でいわれることも多いが、日本の中で、民謡や歌謡が文化として語り継がれ、時代を超えて評価され、読まれたことがあったであろうか。祭りに謡われる歌は、ある程度残っているが、あくまで祭りの歌として歌うものとしてしか残っておらず、芸術として読まれたり、扱われることは少ない。

日本には中世歌謡を集めた『梁塵秘抄《りょうじんひしょう》』もあるが、あわれあわれと言われながら、やはり芸術としては扱われない。その評価は「遊びをせんとや生まれけん」に集中している。このフレーズが別格の質の高さを持っているからである。きわめて個性的な体験を書いたものもあるが、どうしても芸術品になるだけの何かがない。名前がついていれば、かなり違いもあったろうが、人格としてその体験をまとめていないのがどうしてもネックとなる。

作品が、芸術として扱われるかどうかは、個人的な経験、感情がいかに表現されているかにかかる。民謡は、多くの人の平均値の感性によって作られるから、個性の感じ取ったものの厳粛さに乏しい。個性を殺して平均化しようとすると、人間の創作物としての意味が薄れてしまうのである。

平均値では、みなが悲しい、みなが嬉しいというように、真実がぼけてしまう。

万葉の作者不詳の歌は、それでも芸術として扱われているように感ずる。たんなる民謡ではないと私は思う。芸術は、そこに人格が想定されたときに私たちが優れていると感ずるような創作物である。象やチンパンジーの絵は、どんなにうまくても高値で取引きされない。子どもの絵はピカソよりいいが、売買された噂を聞いたことがなく、美術館が収蔵することもない。

作者名のない民謡にもそうしたところがある。ヨイヨイヨイというのも人格であるが、ヨイヨイヨイ人格として、まあよければよいか程度のものとして扱われる。もし個性的なよい歌手が歌えばとたんに価値が上がることもあるが、ヨイヨイヨイでは敬意がもたれないのである。

民謡であろう、宮廷歌謡であろうと規定したときに、学者たちにはこれらの歌の群を軽視し無視する気持ちがあったのではないだろうか。

同じ歌でも、作者名がわかり、背景がわかり、物語が見えてくれば、芸術性はまったく変わってくる。人格が発生して、人間の意識界での産物となり、人間の価値の世界に入ってくるからである。

私が額田王の作品と認めた十六首の作品は、これからはしだいに意味が違ってくると私は思う。かりに私の論を評価しない人でも、別扱いせざるを得ない気持ちになってくるはずだ。もし額田王の作品だったとしたら、軽く論じることができるだろうか。

とくにこの日本人としての精神の極限を堂々と表した額田王と人麻呂の勇気は、私たちを原点に戻って自己主張せよという励ましとしてとらえなくてはならないと私は思う。

日本人は、おとなしく、控えめで、優しい。私は世界へ行くほどこの国の人々の人となりが好もしく思う。しかし、それでいいのかと思うこともしばしばある。最も激しい心を持った文人は、額田王と吉田松陰であろうかと私は惟う。兵士たちなら無数にいたであろう。しかし、彼らは戦場の草の肥やしになった。人間の意識界に残る形で命をかけた人は、案外少ない。

これらの人が示した限界突破の志は、日本人よ、どうするのか、自分で判断しないのか、という、古代のうたびとからの問いかけであると私は思う。

第三章　小鈴《こすず》もゆらに

一、愛らしさの表現

私が新たに額田王の作品であろうと推定した作品のうち、五作品はすでに明らかにした。残りは十一作品である。いままで述べた作品は、額田王の精神、思いの最も高いところ、情熱の最も激しいところを含むもので、読者もいささか驚いたことと思う。

これから述べる歌は、額田王の別の側面を見せてくれる。

ふつうの女性のような匂いである。いわば女性としての体温を感じさせてくれる。

まず最初にあげる歌は、巻十三の三番目にある長歌である。

かむとけの　日香空《そら》の　九月《ながつき》の　しぐれの降れば　雁《かり》がねも　いまだ来鳴《きな》か
ぬ　神奈備《かむなび》の　清き御田屋《みたや》の　垣内田《かきつた》の　池の堤《つつみ》の　百足《ももた》らず　い槻《つき》の枝《えだ》
に　みづ枝《え》さす　秋のもみち葉《ば》　まき持てる　小鈴《こすず》もゆらに　たわやめに
我《われ》はあれども　引き攀《よ》ぢて　末《うれ》もとををに　ふさ手折《たお》り　我《われ》は持ちて行《い》く

君がかざしに

霹靂之　日香天之　九月乃　鍾礼乃落者　鴈音文　未来鳴　甘南備乃　清三田屋乃　垣津田乃　池之堤之　百不足　五十槻枝丹　水枝指　秋赤葉　真割持　小鈴文由良尓　手弱女尓　吾者有友　引攀而　峯文十遠仁　捄手折　吾者持而往　公之頭刺荷　（３２２３）

雷が明けた日が香る空に、九月の秋しぐれが降り始めると、まだ雁も来ないうちから、清らかな御田屋のめぐりの、神聖な槻《つき》の木の瑞々《みずみず》しい枝の葉も、黄ばんでまいります。かよわい女の私ですが、腕にまいた小鈴をゆらゆら鳴らしながら、枝もとおおにしなわせてよじ登り、枝先一ふさを折ってまいりました。あなたが頭にかざしとして挿してくださるように。

反歌

ひとりのみ　見れば恋《こひ》しみ　神奈備の　山のもみち葉《ば》　手折《たを》り来《け》り君

独耳　見者恋染　神名火乃　山黄葉　手折来君（3224）

ひとりで見ているのでは恋しくなるので、三輪の山の紅葉《もみじば》を手折ってきました、あなた。

長歌も反歌も、女心の可愛さの表現がずば抜けており、切れ目を作らずに蔦《つた》を絡めていくように長歌を作り込んでいる。そのうえに、自分自身のすがたも見えるように描いている。全体は女性の身体のようにしなやかで、気持ちは愛らしい。若い頃この歌を最初に見たとき、万葉初期の作者不詳の歌の中にこんなに可愛い女性の歌があるものかと驚いたことを思い出す。

詩歌はなによりもまず、自分の気持ちを書いて人に伝えるものである。こういう女の可愛さが書けるということは、それだけで十分詩歌の役目を果たしていることになる。つまりこの歌は、一度読むと忘れられない、いい歌なのである。

そのときには額田王の歌であるとは露ほどにも思わなかったが、このたび、あこれも額田王だと思うと、いっそうその可愛さを独特のものだったろうと感じた。なかなか絵にならない。しかし、表紙の鶴田一郎画伯の絵のようだと思えば、見えてくるような気もする。

鈴を巻いた腕で木に登って行く。細い枝先がぐなーっとしなう。それでも一番先の枝に手を伸ばし折る。こういう女はそうはいない。ふつう皇族の女性はしないかもしれない。庶民の娘もなかなかしない。ウィットと敏捷さのあるお転婆な少女だけがすることではないか。

そして、恋する男に自分が見えるように歌を書く。反歌は、手折ってきましたよ、あなたと呼び掛けるように終わる。額田王はいつも腕に小鈴を巻いていたのだろう。

ほかの女性たちが、まだ文字を書くことができない時期に、こんなに完全な恋歌を書き、手折った紅葉の枝とともに贈るのである。完全な恋文と言っていいだろう。

こういう女性はやはり額田王しかないなあ、と思った時に、私の頭にすぐ浮かんだ歌があった。そうだ、この歌は、あの歌を作った後に書いたものだ、と。

その歌とは、万葉集巻一〇〇１６の「春山万花秋山千葉」の歌である。

冬ごもり　春さり来《く》れば　鳴かざりし　鳥も来鳴《きな》きぬ　咲かざりし　花も咲けれど　山をしみ　入《い》りても取らず　草深《くさぶか》み　取りても見ず　秋山の　木《こ》の葉を見ては　黄葉《もみち》をば　取りてそしのふ　青きをば　置きてそ嘆く　そこし恨めし　秋山そ我《あれ》は

冬木成　春去来者　不喧有之　鳥毛来鳴奴　不開有之　花毛佐家礼杼　山乎茂　入而毛不取　草深　執手母不見　秋山乃　木葉乎見而者　黄葉乎婆　取而曾思努布　青乎者　置而曾歎久　曾許之恨之　秋山吾者（0016）

春になると今まで鳴かなかった鳥もきて鳴いた。咲かなかった花も咲くが、春は山が茂っているので、女の身の私は入って花を取ろうともせず、草が深いので花を手に取りもしないが、秋山は木の葉を見ては、黄葉は手に取って偲び、青い葉なら置いて歎きもする、だから私は秋山が好き。

この歌の前詞に、「天智天皇が内大臣藤原鎌足に命じ、春山万花の艶と秋山千葉の彩を比べよと競わせた時、額田王が応じた」として載せられた歌である。このとき、男たちは主に漢詩でこれに応えたと見られる。そのなかにあって、額田のこの長歌は特別に賞賛されたのであろう。

この歌は「近江大津宮《あふみのおほつのみや》に天《あめ》の下治《したをさ》めたまふ天皇《すめらみこと》の代《みよ》」の歌として挙げられているから、当然、近江遷都の六六七年以降の話のようだが、近江大津宮と限定しているにもかかわらず、近江遷都の歌の前にこの歌を置いている。

これは近江朝へ移る前の話だと示している。この微妙な配列の意味を汲み取ることが万葉集の巻一を見るためには必要である。

中大兄《なかのおおえ》は六四五年以降、皇太子の身分ながら、全権を掌握し、孝徳天皇、斉明天皇に天皇を演じさせながら、鎌足の助けを借り、大化の改新の改革を成し遂げた。

つまり皇族の力と外戚の力を一手に握った。こういうことが、中大兄の力であった。

ふつう、テーマを与えて歌を作らせることなどは、天皇が命じて行われるが、初めから、実際には中大兄と鎌足が二人で自由にやっていたものと思われる。というのも、天智はそういう文化的な催しが好きで、いつも人を集めてはやっていたようだからだ。

天智と額田が結ばれたのは、先にも述べたように、六五六年であるから、この歌が書かれたのはその年であったろうと私は考える。近江遷都の十一年も前だが、乙巳《いっし》の変からすれば、もう十一年も経っている。まわりの人もみなほんとうの天皇は中大兄だと思っていた。

斉明天皇は母親であり、天智はなんでも好きにやっていたと見ることができる。私はこの歌とこの章の冒頭に上げた「小鈴もゆらに」の歌が、続き物のように作られたと感ずる。そして、二人が結ばれていく過程のうただとすると、うまくつながっていく。

うたびとは、ある歌を書くと、それに近い歌を連続して書くことが多い。春山秋山を比べた後に、秋山の黄葉の枝を折って送り、それに新しい歌を添えたとすると、天智と額田王の関係が非常にわかりやすくなるのである。

私は天智が額田を誉めたときに、気軽く「大海人《おおあま》から私に乗り換えて来ないか?」というような冗談を言ったのではないかと空想する。もしかすると、大海人は中大兄が姉の鏡王女《かがみのおおきみ》と仲良くしている間に出しぬいたのかもしれないとも思う。あるいは母の吹黄刀自《ふきのとじ》が、姉は中大兄に、妹は大海人にと、割り振りしたのか。

中大兄は、弟に差し出された妹の色香と魅力に気づき、くやしい思いをしていたとすれば、ほんとうは気があったんだよというくらいの信号は送ったであろう。その信号に応えて額田は本気の返事をした、それがこの「小鈴もゆらに」ではないかと思う。私もあなたがいいのよ、といってるような。

しかし、それでも天智がためらうから、第二章でくわしく書いた「我は言挙げす」の歌を送ったのだ。これで天智が決断したと私は見たいのである。

二、母親として

巻十三の冒頭四首は、「雑歌」と区分された中の三輪山の歌群のなかにある。この巻は何者かが地域別に分類している。その奈良の三輪近辺の歌の中にこの四首がまとめられている。「三輪山」というと、やはり巻一にある近江遷都の際の額田王の長・短歌が思い出されるであろう。

その三輪山を歌った女性らしい歌がある。三輪山に関する歌は万葉集にはかなりあるが、この長歌は珍しく三輪山を愛らしく描いている。

どちらかと言えば、三輪山は厳粛に、恐ろしいご神体として描かれることが多いが、これは愛らしい山というように書かれている。

三諸《みもろ》は　人の守《も》る山　本辺《もとへ》には　あしび花咲き　末辺《すゑへ》には　椿《つばき》花咲く　うらぐはし　山ぞ　泣く子守《も》る山

三諸者　人之守山　本辺者　馬酔木花開　末辺方　椿花開　浦妙　山曾　泣児守山（3222）

みもろ（三輪山）は、人々が大事に守っている山です。ふもとには馬酔木が咲き、頂きには椿の花が咲く、愛らしい山、愛らしい赤子を子守りするように、人が守る山です。

このようにこの山に咲いている花のことなど、歌った歌はあまりない。神杉の歌などが多い。作者はこの山のことをよく知っているようである。また、何度か登ったこともあるようだ。この山は結界《けっかい》となっていて、無断で登ることはできない。しかし、作者はここで巫女《みこ》のような形で仕事をしていたのかもしれない。最初は、三室山の近くにいたが、天武の妻となって三輪山の近くにきたのか。もといたところも神奈備《かんなび》（龍田山付近の）であり、三輪山も神奈備である。神奈備といわれる山川森神社は各地にあり、神が宿る自然、場所などをいう。彼女は神奈備から神奈備へ移ったのだろう。神社に関わっていたのかもしれない。

すこしも怖がっていない。むしろ怖くはない、可愛い山よ、と言っているようである。「うらぐはし　山そ　泣く子守る山」のフレーズから、泣く子は「守る」を導き出す枕詞だが、実はその「泣く子」のイメージが作者にとって特別のもののような書き方である。

私はこれも額田王の作品と見ているのだが、その主たる理由は、三輪山への親近感の表し方と、三輪山を見るときに自分の子育ての経験と重ねているようなところがあるからである。

額田王は娘の十市皇女をこのあたりで育てていたのではないか。十市の名は乳母の氏族を指すというが、母親であるから世話をしていないということはないであろう。乳母はそこにきていたのかもしれない。ここで赤子を育てていますといっているかのような歌である。

先の歌では女の人らしい柔らかな肢体が見えたが、ここでは乳くさい若い母親の匂いが漂う。最後のフレーズのリフレインの「泣く子」と「うらぐわし」が、今にも泣き出しそうな感じである。乳母が育てるために赤子と離れて悲しいのか、育てるから愛おしいのか、若い母親の悲しみがにじみ出ている。

そうか、そうかといってやりたいような。

額田王は人間を伝えているといえる。私が主宰している五行歌では、女の人は子を生めば自然のことわりのように、子に意識、愛を集中する。もちろん、そうでない場合もあって、なお恋の情熱を持ち続ける人もいるが、私の見たところそういう人は五〜一〇%程度である。それを思えば、万葉も平安の歌も、女性の自然な気持ちを表していないとつくづく思う。

つまり、男性社会の関心に従って、女としての歌を無意識に強いられているように思える。そのなかで、おさない子への愛に悶えるような歌は珍しくもあり、立派でもあると思う。額田王だからそれを表そうとしたのではないか。自分自身を裏切ることができなかった人だったろうから。

三輪と十市皇女《とおちのひめみこ》

やや話は横道に入るが、高市皇子《たけちのおうじ》は十市の死（おそらく自殺）を悼むときに三輪の杉を歌に書いているが、どこか恐い感じになっている。三輪の歌にしたのは十市が三輪育ちであったからであろうかと思われる。天武の子、高市は、天智の子、大友皇子と十市皇女を取り合い、額田をめぐって、父天武が天智に敗れたように大友に敗れた。乱の後、天武が高市に嫁がせようとしたにもかかわらず、十市が高市との結婚を拒絶したのではないかと私は感じる。この三首、高市がかわいそうである。高市は妻の但馬皇女《たじまのひめみこ》が穂積皇子《ほづみのおうじ》と不倫して、逃げられたこともあった。太政大臣として活躍するにもかかわらず、失恋が続くのである。
高市はこの三首しか歌を残していない。まさに慟哭の歌である。

みもろの　三輪《みわ》の神杉《かむすぎ》　已具耳矣自得見監乍共　寝《い》ねぬ夜ぞ多き
（せめて夢のなかでだけでも見たいと思うが寝られない夜が続く）
三輪山《みわやま》の　山辺《やまへ》まそ木綿《ゆふ》　短木綿《みじかゆふ》　かくのみゆゑに　長くと思《おも》ひき
（三輪の木綿は短いが、それゆえにこそ　長く生きてほしいと思っていた）
山吹《やまぶき》の　立ちよそひたる　山清水《やましみづ》　汲《く》みに行かめど　道の知らなく
（山吹が寄り添うように咲く山清水を汲みに行きたいが道を知らない）
（０１５６～０１５８）

額田母子と三輪山の因縁は、朝廷の人々にはよく知られていたのであろう。
ここで、有名な巻一の００１７と１８の歌をみておこう。

味酒《うまさけ》　三輪《みわ》の山　あをによし　奈良《なら》の山の　山のまに　い隠《かく》るまで　道の隈《くま》
い積《つ》もるまでに　つばらにも　見つつ行かむを　しばしばも　見放《みさ》けむ山を
心なく　雲の　隠さふべしや

味酒　三輪乃山　青丹吉　奈良能山乃　山際　伊隠万代　道隈　伊積流万代尓　委曲毛　見管
行武雄　数数毛　見放武八万雄　情無　雲乃　隠障倍之也（0017）

三輪山を　然《しか》も隠すか　雲だにも　心あらなも　隠さふべしや

三輪山乎　然毛隠賀　雲谷裳　情有南畝　可苦佐布倍思哉（0018）

額田の三輪山に対する愛の深さがよくわかる歌である。この長歌＋反歌と、3222は、つながっているような気がしてくる。三輪山に対して感ずるなつかしみが額田王の身体の底にしみとおっているようだ。

ちなみに巻十三にもう一つ、三輪山の謂れを歌った長歌(3227)とその反歌二首があるが、全体のタッチから私は額田王作とは見ないことにした。三輪山の春と秋について触れたところに、ちょっとそれらしいふんいきもある。

一番最初の歌

この章では、巻十三の冒頭四首のうち三首について述べてきたが、それこそ巻十三の最初の歌については、後回しにしてきた。この歌は、額田王であろうとする必然性が薄い。ごくわずかに、そうであろうと推定できる要素がある。

それは、3221は、わずか九句の長歌だが、始めの二句が、先に述べた「春山秋山」の歌と同じで、漢字仮名も全く同じであることだ。

それにもし「うらぐわし　山そ」の三輪の歌と、次の「小鈴もゆらに」が額田王作だとすると、その前に一つあるこの歌が額田王作である可能性は高いであろう。

内容は春の儀式に使われるような簡素な歌である。確かにこれなら宮廷歌謡の役割をしていたかもしれない。

冬ごもり　春さり来《く》れば　朝《※あさ》には　白露《しらつゆ》置き　夕《※ゆふ》には　霞《かすみ》たなびく　汗瑞能振　木末《こぬれ》が下《した》に　うぐひす鳴くも

冬木成　春去来者　朝尓波　白露置　夕尓波　霞多奈妣久　汗瑞能振　樹奴礼我之多尓　鶯鳴母（3221）

籠っていた冬が去り、春がやってくると、朝には白露が置き、夕方には霞がたなびき、風が吹く　こぬれの下に鶯が鳴き始めます。

まず漢字表記の第一句、第二句が「冬木成　春去来者」と春山秋山の冒頭と同じである。このフレーズは、有名な王仁《わに》の歌、「難波津に　咲くや木の花　冬こもり　春さりくれば　咲くや木の花」にも使われており、斬新というわけではない。しかし、鶯という鳥の名を挙げたのは、これが最初である可能性もある。この頃から、鶯が歌に登場する。額田王が最初であれば、嬉しいが、証拠をみつけるのは難しい。（※朝をあした、夕をゆふべと読むのは、奈良朝廷後と私は見る。）

　この歌は、全体としておずおずと書いているようなところがある。額田王の作品とすれば、全二十一作中最も若書きの歌だという気がする。これに次いで若く書いたものが、「うらぐわし　山そ」の三輪山であろう。


　これで私の言う新しい額田王作品十六首のうち、九首について説明した。残り七首のうち二首はこの章で書き、最後の五首は別章に書きたい。

　その二首は巻十三では、第一章で述べた「我は言挙げす」の3250の直前にある歌で、長歌＋反歌となっている。これらは、巻十三が雑歌、相聞歌、問答歌、譬喩歌、挽歌という構成になっているなかで、二番目の相聞の冒頭の二首になっている。

　雑歌の冒頭四首が額田王の作品だったのに続き、相聞でも最初から三首が推定額田作だということになり、巻十三の元になった古歌集の構造のなかでの額田王の位置づけがわかるような気がする。

磯城島《しきしま》の　大和《やまと》の国に　人さはに　満ちてあれども　藤波《ふぢなみ》の　思ひもとほり
若草の　思ひ付きにし　君が目に　恋ひや明かさむ　長きこの夜《よ》を

式嶋之　山跡之土丹　人多　満而雖有　藤浪乃　思纒　若草乃　思就西　君目二　恋八将明
長此夜乎（3248）

磯城島の　大和の国に　人二人《ふたり》　ありとし思《おも》はば　何か嘆かむ

式嶋乃　山跡乃土丹　人二　有年念者　難可将嗟（3249）

並みの人の歌としては、話が大きい。まるで大和の国をぜんぶ知っているかのような書き方である。

長歌は、大和の国のなかの大勢の人の中で、私が思い決めた人だから、藤浪のように思い縋り、若草のように思いを付け、君に会いたさに、長い夜をすごしています、という意味である。また反歌は、この広い大和の国に、あなたのような人が二人いるなら嘆くことはしないという。

あなたは、この国でたった一人しかいない人だと、言っている。唯一の権力者ですべてを治めている人である。自分の恋人を誇り思う気持ちが満ち溢れている。

この二首は、「我は言挙げす」によって二人が結ばれた後の、額田王の誇らしい気持ちで作られた歌だろうと思う。これくらい自分の恋人に惚れ込んでいる歌は珍しい。

恋は、誰のものも思い込みである。私も若い頃、十冊くらい恋愛詩集を刊行した。歴史の中に自分の恋の花が絢爛と咲き誇ることを、夢見なかったわけではない。

私はこの二人の恋と表現の意欲を賞賛したい。確かにこの国の詩歌文化はそこから始まったと。

第四章　額田ファミリー

一、額田が大海人《おおあま》に寄せた歌？

額田王の作品を巻十三にみつけただけでも、大変なことなのに、全章を脱稿しようとしていたときに、また突然、八首の歌の作者がわかった。四首は額田王、ほかの四首は吹黄刀自《ふきのとじ》である。

もともと巻十三に女性のいい長歌があるのがふしぎだった。女性のいい長歌はなくてあたりまえというくらいのものである。そのなかから、額田王の十一首をみつけたのだったが、二グループ（六首）の作品が額田王のようで、違うようでもあり、迷い続けていた。もしかして姉の鏡王女の歌かもしれないと思ったりもしていた。

しかし、脱稿する段階になってから、歌の格の高さから、額田王だろうと思うようになった。六首のうち一首は「或本《ある》に曰《いは》く」とある歌で、誰かが作りなおしたような感じもある。だから実質五首である。いまその或本歌３２８１は無視することにする。

こうして十一首といっていたのを十六首とすることにした。一グループは三首で、長歌3280とそれにつけられた反歌3282と3283である。

まず長歌3280を見てみよう。

我《わ》が背子《せこ》は　待てど来まさず　天の原《あまのはら》　振り放《さ》け見れば　ぬばたまの　夜《よ》もふけにけり　さ夜ふけて　あらしの吹けば　立ち待てる　我《わ》が衣手《ころもで》に　降る雪は　凍《こほ》り渡りぬ　今更《いまさら》に　君来まさめや　さな葛《かづら》　後《のち》も逢《あ》はむと　慰《なぐさ》むる　心を持ちて　ま袖《そで》もち　床《とこ》打ち払《はら》ひ　現《うつつ》には　君には逢はず　夢《いめ》にだに　逢ふと見えこそ　天《あめ》の足《た》り夜《よ》を

妾背児者　雖待来不益　天原　振左気見者　黒玉之　夜毛深去来　左夜深而　荒風乃吹者　立待留　吾袖尓　零雪者　凍渡奴　今更　公来座哉　左奈葛　後毛相得　名草武類　心乎持而　二袖持　床打払　卯管庭　君尓波不相　夢谷　相跡所見社　天之足夜乎（3280）

私のあの人は、待っても来ない。大空を、仰げば、夜もふけてしまった。夜もふけて、嵐が吹き、立って待つ、私の衣手に、雪が降って、凍ってきた。いまさら、君がくるはずもないが、かづらのように、後で逢うこともあるかと、心を慰め、袖で床を払ったりする、しかし、うつつには君には逢えず、もしかして夢で逢えるかと、長い一夜をすごすのです（ここでは或本歌3281は省略する）。

この歌はどこか寒々とした感じがあり、額田王らしくないと思っていたが、「夢にだに　逢ふと見えこそ　天の足り夜を」のフレーズの古風な感じと高い格とをよく味わうと、これも額田王の作に違いないと思うようになった。

すると、反歌もそうだということになるが、反歌二つも並みの歌とは違って格調が高い。

衣手《ころもで》に　あらしの吹きて　寒き夜《よ》を　君来まさずは　ひとりかも寝《ね》む

衣袖丹　山下吹而　寒夜乎　君不来者　独鴫寐　（3282）

衣に隠した手に、あらしが、吹きこんできます。あなたが、来ないなら、ひとり寝るしかない。

今更に　恋ふとも君に　逢はめやも　寝《ぬ》る夜《よ》を落ちず　夢《いめ》に見えこそ

今更　恋友君二　相目八毛　眠夜乎不落　夢所見欲　（3283）

いまさら、恋しても、君には、あえないかもしれない。せめて、毎晩の夢に、見えてほしいわ。

こういう愛らしい歌だが、双方とも「ひとりかも寝む」「寝る夜を落ちず　夢に見えこそ」など古風で、やまと言葉のあやしさがあってよい。ここには額田王の特徴といった已然形のひねりがある。「逢はめやも」「見えこそ」などがそれである。こういう額田的特徴があるから、額田とすることにした。

もう一つのグループは、長歌3268と反歌3269である。

三諸《みもろ》の　神奈備山《かむなびやま》ゆ　との曇《ぐも》り　雨は降り来《き》ぬ　天霧《あまぎ》らひ　風さへ吹きぬ
大口《おほくち》の　真神《まかみ》の原ゆ　思ひつつ　帰りにし人　家に至りきや

三諸之　神奈備山従　登能陰　雨者落来奴　雨霧相　風左倍吹奴　大口乃　真神之原従　思管
還尓之人　家尓到伎也（3268）

三諸の、神奈備山から、暗く曇り、雨が降ってきた。空に霧が満ち、風も吹いてきた。大口の、狼の原から、帰って行った、あの人、無事についただろうか。

帰りにし　人を思ふと　ぬばたまの　その夜《よ》は我《われ》も　眠《い》も寝かねてき

還尓之　人乎念等　野干玉之　彼夜者吾毛　宿毛寐金手寸（3269）

帰っていった　人を思うと　真っ暗な　その夜　私も寝られなかった

ほれぼれするような格調を持った歌、私はこの歌を認めていたが、先の歌群と同様、寒々としたところが、額田王らしくなく、冷徹な感じのある鏡王女の作品ではないかと思っていた。しかし、「ゆ」の多用、「家に至りきや」の情余って言葉足らずの言葉の強さ、「眠も寝かねてき」の「いもねかねてき」というカチコチとした言葉のおもしろさ、これらは額田王らしい。

第一章の長い挽歌の終わりにも、岩のごろごろした寒々としたふんいきはあった。

歌をたくさん書く人は、けっこういろいろな種類の歌を書くところがある。寒々としたものを書いてやれと思うこともあったかもしれない。

いや、もしかすると、この歌は相手が違うのではないか。恋歌は相手のふんいきによって違ってくる。中大兄《なかのおおえ》の場合、反歌はただただ賛美するものが多かった。もしかすると、大海人皇子《おおあまのおうじ》のほうであろうか。思いやってはいるが、熱い恋ではない。

人のふんいきとしても、よく合っているような気がする。あの吉野へ逃げるときの暗く寒々とした雰囲気に通うものがある。大海人皇子との恋のふんいきがこうだとすれば、私の頭に発酵し続けてきた筋書ともぴったり合う。

二、姉、鏡王女《かがみのおおきみ》と母、吹黄刀自《ふきのとじ》

これらの歌が鏡王女《かがみのおおきみ》のものだったとしても、私はそう驚かない。しばらくはそうじゃないかと思っていた。ここで万葉集に出ている鏡王女の歌を見てみよう。名はよく知られているが歌は四首しか出ていない。ここでは原文漢字表記は省略する。

秋山の　木《こ》の下隠《したがく》り　行く水の　我こそ益《ま》さめ　思ほすよりは　(0092)

玉くしげ　覆《おほ》ふをやすみ　明けていなば　君が名はあれど　我《わ》が名し惜《を》しも
（００９３）

風をだに　恋ふるはともし　風をだに　来《こ》むとし待たば　何か嘆かむ
（０４８９）

神奈備《かむなび》の　磐瀬《いわせ》の杜の　呼子鳥　いたくな鳴きそ　我恋まさる
（１４１９）

どの歌も論理と言葉の運びが明確で穏当で正当であるが、歌がダウン気味になる傾向がある。燃え上がったり、弾んだりしないのである。どこか引き摺る、あるいは落ちていくところがある。四首目を除いて、結局淋しくなるのは私なんですよと引くように訴えかける。四首目はやや元気というところ。

頭がよく、控え目で、あまり高ぶるところがないという人であろうか。この人の場合、情が余って言葉が足りないということもないから、あまり長歌にならないかもしれない。

このうち、最初の「木の下隠り」の歌は、天智天皇の、

妹《いも》が家も　継《つ》ぎて見ましを　大和《やまと》なる　大島《おほしま》の嶺《ね》に　家もあらましを
（００９１）

の歌に応えての歌である。あなたの家をずっと見ていたいという歌に対して、樹の下に流れている水のように表には見えないけれど、私のほうがあなたを恋しく思っているのです、と応えている。相手としては、まあまあ嬉しいというくらいの気持ちであろう。どこか冷静さを感じさせるからである。論理も言葉も正しいが、どこか寂しくなる。

こういう特徴があるから、３２６８、３２６９の寒い歌を鏡王女の歌かと思ったが、結句の大きさ、言葉の強さ、やまと言葉風を採って、結局額田王であろうと思うようになった。

また、最後の歌の「神奈備《かむなび》の　磐瀬《いわせ》の杜《もり》」は斑鳩《いかるが》町の三室《みむろ》山の付近の森で、その三室山が中大兄の歌の大島の嶺《ね》である。その付近に鏡王の家があったということを意味するのだ。

鏡王女も中大兄も、場所はここだと歌でいっている。にもかかわらず、歴史的な記述から探ろうとしている人が多すぎるような気がする。つまり万葉集の語るところを信用しないのである。

歌の内容は、歴史記述よりも信用できるところがある。歴史記述には大島の嶺も磐瀬の杜も出て来ない。三室山は神奈備山ともいわれ、神聖な山だが、標高は八十二メートルしかない。なお三輪山も神奈備山といわれることがあり、三諸、御諸、三室、神奈備は、同じ意味だという。

斑鳩の三室山はそう目立つ山ではない。

この山を歌にしたのは、私の記憶では、一人中大兄のみである。だから、ここだと断定できるところがある。その山の上にあれば家が見える。愛する女を思うあまり、あの山のあそこにあればと、稚気に満ちた情が刻んだこの山の名は、捏《ねっ》造《ぞう》の多い書紀などよりはるかに信用できる。

「大島の嶺に家があればいいのに」と思ったのは、歴史上、ただ一人の男である。ほかの男はほかの場所を選ぶ。ということは、中大兄が通ったのはその山のふもとあたりにあったことは間違いない。

ここで私たちは鏡王の家がそこにあったと決めてよいことになる。神奈備の磐瀬の森もそこである。

先に鏡王系図から、鏡王は宣化天皇の四代孫だという説を採った尾山篤二郎は、鏡王家の本来の領地は摂津国の尼崎の北東部だが、ここに住み家があったとする。領地では遠いから、奈良に近いところにも領地を持っていたのである。

系図でいえば、継体天皇→宣化天皇→火焔皇子→阿方皇子→鏡王（またの名、為奈高見《いなたかみ》公）→鏡王女、額田王、為奈大村となる。この為奈大村《いなおおむら》の墓誌録が残っている。墓誌は立派な銅製の小箱（盒子《ごうす》）に刻印されている。この小箱は国宝である。いい加減なものではない。元四天王寺に収蔵されていたものだが、香芝市の穴虫で発掘された。

ここに姉妹の名はもちろん出ていないが、大村はかなり年下の弟で従五位下、越後守となっている。鏡王自身、為奈真人《いなまひと》として臣籍降下しており、後に姉妹が臣籍降下して中臣鎌足、藤原大嶋の妻となったことも説明できる。

尾山はこの姉妹と中大兄兄弟がどう結ばれたかについて、「無論これは私の想像だが、平群川（今の龍田川）が大和川に合流するあたりに大島山（三室山）というのがあるが、その大島山という孤立した円錐形の小山が十分見える辺りに、韋名の鏡ノ王（高見王）の屋形が在つたものと先づ考へよう。其処へ或秋に皇太子中ツ大兄が訪ねて見える。無論この賓客は歓迎されたに相違ない。賓客には処女を捧げるのが当然の風習であつたから、先づ鏡ノ王は明石の入道のやうな気持で長女をしてこれを勤めさせたらう。」（万葉集大成9、一九五三年、平凡社）と書いている。

孝徳天皇の頃なら、斑鳩は難波宮と明日香の間の通り道にあたる。

ところが、晴天の霹靂のように、系図のほうからあるヒントが与えられた。宝賀寿男の『古代氏族系譜集成』の鏡王の系図に鏡王の妻として、吹黄刀自《ふきのとじ》の名が書き込まれていた。これは額田王周辺の話を根底から変えてしまう。古代の歌の世界に大きな派閥ができたようなことになる。

私は巻十三の作者不詳歌の中に異様に女性のよい長歌の数が多いことにびっくりしていた。女性が文字を書くことなどなかなかあり得ない時代に、短歌ならともかく、長歌を作り書きつけるなら、その女性自身が文字を知らなくてはならない。

だから、この文字を書く姉妹は、特別な存在だったろうと考えた。こういう姉妹を作るには、幼い時から文字を教育する環境がなくてはならない。鏡王の家庭にはそういうふんいきがあったのだろうと思っていた。また、この古い長歌集の女性の作の大半が、この姉妹の作であってもふしぎはないとも考えていた。

そこへ、吹黄刀自が姉妹の母であるというヒントが与えられたのである。

三、吹黄刀自の歌、発見！

瞬間、「そうだ！　そうにちがいない」と直観した。私の願ってもない仮定が突然現実味をもって現れたのである。吹黄刀自は万葉集に三首を載せるうたびとである。この女性については、よくわからないが、世話役をしていた年長の人であろうという説明しかなかった。

鈴木真年《まとし》の『系図百家』にはこの書き込みはないから、この書き込みの元が万葉集で、そこから見た想像であるとしても、私は素晴らしい想像力だと絶賛したい。ただいままで私の調べた限りでは、吹黄刀自が姉妹の母であるという論文は出ていない。しかし、これによって両姉妹の生まれ育ちも、吹黄刀自の万葉集での位置もきわめて明確になる。しかも、私が見るに、反論する余地もないほど、万葉集が理解しやすくする。

第一に吹黄刀自の歌は、鏡王女、額田王、十市皇女がそこにいる場面で作られている。まさに、母親のようにそこにおり、祖母や母の心で娘と孫に歌を送っているのである。

幼児教育するといっても、そのできるのは自分で文字を書いて、歌も作る人でなくてはならないであろう。

私がなぜ幼児教育にこだわるかは、当時の社会を思うからである。女性は十二、三歳でしかるべき男に嫁がされた。まだ子どもの頃に人妻となったのである。したがって、その心得も早く教えなければならなかったが、文字を教えるとしたら、まだ幼い子ども時代でなければ時間がない。

そんなことができるのは、女性でも文字を知り、歌も作り、そのことで世に評価された女性しかなかったであろう。吹黄刀自が母であったのなら、その全部をそなえている。

そして、この仮定はそれでは終わらなかった。そうと知って巻十三を読み返し、吹黄刀自の三首を玩味すると、作者不詳の巻十三の女性歌の中に、また突然、吹黄刀自の作であろうという歌がいくつか見えてきた。

なかでも、やや荒々しい女性の恋歌が3278と3279にあり、こういう力のある庶民的で強い歌を書く女性を知ってみたいものだと、かねて思っていた。本章の最初に述べた3280の直前の歌である。

赤駒《あかごま》を　廏《うまや》に立て　黒駒《くろこま》を　廏に立てて　それを飼ひ　我《わ》が行くごとく
思ひ妻《づま》　心に乗りて　高山の　峰《みね》のたをりに　射目《いめ》立てて　鹿猪《しし》待つごとく
床《とこ》敷《し》きて　我《あ》が待つ君を　犬な吠《ほ》えそね

赤駒　廏立　黒駒　廏立而　彼乎飼　吾往如　思妻　心乗而　高山　峯之手折丹　射目立
十六待如　床敷而　吾待公　犬莫吠行年　（3278）

赤い馬を、厩に立て、黒い駒を、厩に立て、それを飼い、私が行くように、恋しい妻が心にかかり、高い山の、鞍のあたりに、隠れ場所を作り、猪を、待つように、床を敷いて、私が待つ公を、犬よ吠えないで。

この歌の面白いところは、人称転換をしているところである。最初は男が狩りをしているようなようすを書き、女性としてその狩りのように、犬よ、忍んで来る公を吠えないでおくれ、というのである。話は途中でとちれる感じになるが、歌の重層性、荒々しい口語のふんいき、語りかけの真実らしさが魅力的である。技術などすこしも考えていない。反歌も直接的である。

葦垣《あしかき》の　末掻《すゑか》き別《わ》けて　君越ゆと　人にな告《つ》げそ　言《こと》はたな知れ

葦垣之　末掻別而　君越跡　人丹勿告　事者棚知（3279）

葦垣の、端を掻き分けて、君が越えてくるのを、人にはいうな、よく私のい

うことを　お聞き。

垣根をどう越えてくるか、そのスリルがわかるような書き方である。それはあくまでも秘密なのだ。長歌のほうに公と書いてあるのは、伊奈公（鏡王）であるからかもしれない。

「言《こと》はたな知れ」は、「言は　たな知れ」で、「言葉を、よくお聞き」の意味。これは召使いのような人にいったのか。近所の人にいったのか。

この会話体そのもののような荒っぽさにたまらない味わいがある。

私がなぜこれらの歌を吹黄刀自ではないかというには、理由がある。ここで、万葉集に出ている吹黄刀自の歌を見てみることにする。

まず、万葉集第四巻に有名な額田王と鏡王女が応答した歌がある。この応答歌は二人のやりとりとは信じない人たちも多い。あとで誰かが作った作り話だというのである。額田王と鏡王女は同一人物だという人もいるほどで、なんでもいい放題である。

しかし、このやりとりは、実際には吹黄刀自をふくむ三人のやりとりだったのだ。

君待つと　我《あ》が恋ひ居《を》れば　我《わ》がやどの　簾《すだれ》動かし　秋の風吹く
額田王（０４８８）

風をだに　恋ふるはともし　風をだに　来《こ》むとし待たば　何か嘆かむ
鏡王女（０４８９）

真野《まの》の浦の　淀《よど》の継ぎ橋　心ゆも　思へや妹《いも》が　夢《いめ》にし見ゆる
吹黄刀自（０４９０）

川の上《かはへ》の　いつ藻《も》の花の　いつもいつも　来《き》ませ我《わ》が背子《せこ》　時じけめやも
同（０４９１）

この四首が、母娘三人のやりとりだった。四首の意味を母子三人の会話として見てみる。

額田「あの人が恋しくて待っていると、簾が風で揺れる、あの人かと思ってしまうのよ」

鏡「風をあの人かとまちがうだけでもうらやましいわ。私は風がきても、あの人かとも思えない状況なの」

吹黄「男のほうがずっと思い続けているから、あなた方の夢にも出てくるのですよ」

吹黄「いつ藻の花のように、いつもいつも来てくれればいいのにね。時をえらばずに」

母が嘆く二人の娘を慰めている。おそらく吹黄刀自は、娘二人を皇太子とその弟の思いものにした。ふつうにいえば、大成功であった。子孫が皇族の中心になる可能性がある。しかし、女にはかならず来る苦しみがある。その皇族の男がいつも来るとはかぎらない。しかも、額田王と鏡王女は一人の男を待つようになった。このとき中大兄の鏡王女への気持ちは冷めてしまっていた。

姉妹は仕方のないことだと思いながらも、愚痴をいう。それを母の吹黄刀自がなぐさめる。

この姉妹の気まずい関係を、中大兄はとんでもない方法で解決しようとする。自分が自分自身と同じと思うほどの親友、中臣鎌足に姉、鏡王女を譲ることにしたのである。しかも、鏡王女は妊娠していた（という説がある）。

中大兄はそれくらいの無茶はなんとも思っていない男である。全権を握っている帝王である。原則も前例も気にしていない。鏡は皇族であるから、通常は不可能だけれども、父親が臣籍降下しているなら、「そうせよ」で決めてしまったのである。そのとき妊娠していた子が藤原不比等《ふひと》であるという。

中臣鎌足は孝徳天皇の妃も子どもつきで貰っている。この人物、マゾヒストのようなところがある。孝徳天皇は、天皇にしてもらうことを、妃の一人を譲ることで謝礼としたのである。このころの男と女にはこういうところがあった。

豪快な女のやりとりを男らしさと思っていたのであろうか。

これは武家の時代にも顕著であった。男の力の強い社会では、こうなる。これは今と違って、寿命が短いからでもある。

吹黄刀自の歌はもう一首ある。巻一の0022である。その前の歌は、有名な額田王と大海人皇子の「紫野行き、標野行き」のやりとりである。つまり天武の「紫のにほへる君を憎くあらば」の後の歌が、吹黄刀自の歌である。「十市皇女、伊勢神宮に参《ま》ゐ赴く時に、波多《はた》の横山の巌《いはほ》を見て、吹黄刀自の作る歌」という前詞があって、

河上《かはのへ》の　ゆつ岩群《いはむら》に　草生《む》さず　常《つね》にもがもな　常娘子《とこをとめ》にて

河上の真っ白な岩の群れ、草も生えない。あなたも、永遠の乙女となって、いつまでも清らかでいられればいいのに。

額田と大海人のやりとりが六六八年で、この歌が書かれたのが天武四年だから六七五年である。八年が過ぎており、この間、六七二年に壬申の乱で十市の夫、弘文天皇（大友皇子）が亡くなっている。そのとき、十市は幼い葛野《かどの》王を抱えていた。阿閇皇女《あへのひめみこ》は後の元明天皇、草壁皇子に嫁がせるはずだった。十市は敵方の天皇の皇后だったわけだが、天武は高市皇子と再婚させようとしていたと私は見

る。そのために、二人をお祓いのために伊勢へやった。

天武はゲンかつぎだった。いや、神的な正当性を重んじ、そこから次の体制を確立しようとするところがあった。十市をお祓いして、高市にと思っていたのではないか。

その十市のお付きとして祖母の吹黄刀自をつけたのも、天武の配慮だったのかもしれない。十市は大友皇子と高市皇子との間の板挟みになったように、引く手あまたの美女であったが、額田王とはちがって積極的な性格ではなかった。どちらかといえば、鏡王女のように引っ込み思案だったと思われる。

一方、吹黄刀自は額田王以上に明るくおおらかであったと私は見る。その祖母、吹黄から見て、十市はまだ無垢の乙女のように見えていた。白い汚れない岩群を見て、このようにいつまでも清らかであってほしいと祖母の気持ちを歌った。

刀自は世話焼きの媼のような感じであるから、血縁ではないともとれるが、女性の場合、子や孫に対しては、その感性が激しく増幅する。この孫娘が痛々しいという思いが強かったのであろう。とてもよその子を祈る歌ではない。

祖母である。さきの姉妹の応答に、二人を思いやる母の思いが出ていたように、この四人の女性の血縁関係は、かの系図のままと思われる。あまりにも、歌の組み合わせの味わいにそれが濃厚に見えるのである。

この二つの歌群に見える血縁の情と自然さから、私は吹黄刀自が鏡王の妻だったことは疑う余地もないと思う。

そして、この吹黄刀自の独特の歌の作り方から、赤駒の歌は吹黄刀自の作であろうと私は思った。そう思わせるいくつかの指標がある。まず乙女を岩に例えるような感性とこの歌とは一致するところがある。次に、人称転換の指標である。人称転換とは古代歌謡に時折見られた、歌の途中で主語が変わってしまうことだ。歌の最初、誰かが厳かな天皇を歌い上げ、そのうち、天皇自身がどうしたこうしたと一人称の主役になる。吹黄刀自の、

真野《まの》の浦の　淀《よど》の継ぎ橋　心ゆも　思へや妹《いも》が　夢《いめ》にし見ゆる（０４９０）

は、最初は男の心の話であるが、それがいつ知らず、女の夢に出てくる理由となってくる。こういう人称転換を起こす人はきわめて珍しい。さらに、この吹黄

刀自の場合は、男女の気持ちが間を行ったり来たりするようなのである。性の転換までやってしまう。

両性具有の幅の広さというべきか、女心を持ってはいるけれども、男の気持ちまでが自分のことのようにわかっている人である。男が恋しいと思う女のいじらしい気持ちを思ったつぎには、男が見るとどんなに可愛いだろうかと思う。

赤駒の歌がまさしくそうである。馬を飼って狩りをする男の気持ちから入って、そのように男を待つ女の気持ちを書く。両性具有で人称転換という離れ業を、荒々しくも奇跡的にこの短い長歌のなかで実現している。

私は先に吹黄刀自の作とは思いもよらない時に、こんなに奔放で、強引に書いて行って歌をまるで逆転させるくらい変化させながら、みごとにまとめる、この作者をなんとしても知りたいものだと思っていた。

何度もいうように、この時期に女で歌を書け、文字も扱える人はきわめて稀だったはずである。だからこそ、この三人のファミリーが十三巻の謎の女性の長歌の作者たちだったことで、その謎も七、八割は解決した。

この三人がいて、歌をどんどん書いたから、十三巻の古歌集が成ったということなのだ。しかもこの家が斑鳩にあることも、文字習得については、最も恵まれている。もしかして、吹黄刀自がこの地元の家の娘だったとすれば、法隆学問寺か聖徳太子の斑鳩宮で文字をも習ったことがあったのではあるまいか。

聖徳太子は差別心のない人であったから、女性にも文字を教えようとしていたに違いない。若き日の吹黄刀自が斑鳩宮に出仕していた可能性もある。

鏡王は、近くの斑鳩宮となにがしかの関係を持っていたのではないか。三男の墓誌銘を記した国宝の小箱は四天王寺に収められていたものである。出土は現香芝市の穴虫、四天王寺といえば聖徳太子と縁が深いから、鏡王家、あるいは為奈家がなにがしかの関係を持っていたと思われる。

吹黄刀自が文字教育を受けていた可能性は十分にあり、文字を知る女官だとすれば、斉明と知り合い、歌に関わる仕事で出仕していた可能性も十分にある。斉明と額田の関係をいう人もいるが、母親と斉明が歌友達であった可能性もある。

その斉明との関係から、中大兄、大海人の兄弟との関係も出来たのかもしれない。そのときに、鏡王がなにがしかの役割を果たしたことも考えられる。

この兄弟皇子に娘二人を嫁がせることは、一門としても皇族の主流に復活するようなことであったろう。

ファミリーは歌の力で、この兄弟の心を獲得した。額田と中大兄の恋で予想外の展開となったが、それは万葉集の最初を飾る主題となった。歌が多くのものを伝えることになった。吹黄刀自が額田王の母親だったとすれば、すべてがありそうな話としてまとまってくる。

赤駒の歌だけでなく、長歌3270と反歌3271も、歌の荒々しい力から、同じ吹黄刀自のうたではないかとわたしは思う。この親しみやすさとパワーは、額田王に等しいエネルギーを持っている。おそらく、吹黄刀自の若いころの歌であろう。これが吹黄刀自の作品だとすれば、私たちはもう一人のパワフルな女流歌人を発掘したことになる。

作品は人格を得れば、何倍にも輝くことがある。奔放で、民の体臭も惜しみなく表す、私たちはこういう個性を万葉集に求めていたのではなかったか。その女流が、額田王の母だとすれば、嬉しいではないか。

さし焼かむ　小屋《をや》の醜屋《しこや》に　かき棄《う》てむ　破《や》れ薦《ごも》を敷きて　打ち折らむ　醜《しこ》

の醜手《しこて》を　さし交《か》へて　寝《ぬ》らむ君故《ゆゑ》　あかねさす　昼はしみらに　ぬばたまの　夜《よる》はすがらに　この床《とこ》の　ひしと鳴るまで　嘆きつるかも

刺将焼　小屋之四忌屋尓　掻将棄　破薦乎敷而　所挌将折　鬼之四忌手乎　指易而　将宿君故　赤根刺　昼者終尓　野干玉之　夜者須柄尓　此床乃　比師跡鳴左右　嘆鶴鴨（3270）

焼き棄ててやりたい　汚い小屋に　かき棄ててやりたい　やぶれた薦を敷き　叩き折ってやりたい　汚い汚い腕を　巻きつけ合い　寝ている君だから　明るい　真昼はずっと　夜は夜じゅう　この床が　ぎしぎし鳴るほど　悔しく思う

この歌、万葉集の女歌として、最高傑作の一つであろう。自分の恋人がほかの女と寝ている。我慢ならない。その気持ちを思う存分表している。「醜《しこ》の醜《しこ》手」とはよくいってくれた。むかついて、むかついてならないという女の気持ち、この激しさ、エネルギーは、額田王の「我は言挙げす」のど迫力と比肩するものである。さすがの額田の母というべきであろう。このあたり、五行歌の迫力を思わせるところがある。古代の女はなよなよしていなかったんだなとも思わせる。

なお、佐々木信綱の『新訓 万葉集』は「醜《しこ》の醜手《しきて》」と読む。これも味わい深い。

万葉集の吹黄刀自の三首は「刀自」つまり「おばさん」になってからの歌で、赤駒の歌、醜の醜手の歌に比べていくらか控え目だが、それでも「いつもいつも」「時じけめやも」などに思い余った力強さがある。結句に思いが籠りすぎるのは、額田の特徴でもあった。「今は漕ぎいでな」「相見てばこそ　我が恋止まめ」「長きこの夜を」「泣く子守る山」「手折りけり君」など、女歌にしては強い。こういう感情のパワーは二人の共有するDNAなのであろう。

なんといっても、強力な指標は人称転換と両性具有の特徴である。この個性は私の見るかぎり何万人に一人といっていいくらい稀である。その特徴が、万葉に名前の出ている吹黄刀自の歌とこの十三巻で私が吹黄刀自の歌と推定する歌にはある。

これは珍しい特徴なので、私は一〇〇%吹黄刀自の歌であると主張したい。

我《あ》が心　焼くも我《われ》なり　はしきやし　君に恋ふるも　我《わ》が心から

我情　焼毛吾有　愛八師　君尓恋毛　我之心柄（3271）

私の心を　焼くのは私　いとしい　君に恋するのも　その私の心からなのだ

これだけ激しいのに思いが深い。たいしたものだと思う。私はこういう歌を書いたことがある。

憎しみの
理由は相手にある
しかし
この烈しさは
私のなかのもの

同じことをいっているのだと思う。

まだいくつか吹黄刀自に擬せられる歌はあるような気もするが、今はこれだけにしておきたいと思う。額田王の長歌二首、反歌三首。吹黄刀自の長歌二首、反歌二首、計九首をここに新たに紹介した。

第五章　額田王年代記

一、三室山の麓の家に育つ

いままでに、私が新たに額田王の作品と推定した歌十六首について述べた。万葉集に出ている従来額田王の歌と認められてきた、十二首と合わせて、二十八首がどういう順序で書かれたかを、年代順に一度整理してみようと思う。それとともに、額田王の生涯を見る必要もあるだろう。

額田王はいままでにいろいろに書かれてきたが、まだ生まれ年もわからず、鏡《かがみの》王《おおきみ》の子であるということしかわからない。その鏡王もはっきりとわかっていないが、額田王が「王」と言われるのは天皇の五代孫以内であるからである。

第四章で述べたように、私は継体天皇の第二子、宣化天皇の四代孫とされる鏡王が、その父であるとし、領地は尼崎の為奈《いな》にあるものの、斑鳩《いかるが》の三室山付近に住んでいたと考える。しばらくは、私の思う通りに、この一家のことを書いていきたい。

鏡王は、聖徳太子の斑鳩の宮に関係しており、その宮にいた吹黄《ふき》という娘の家に通い、妻とした。吹黄は太子の塾で文字を学び、歌をよくした。

意志のはっきりした志のある女であった。この妻に二人の娘が生まれた。別腹に三人の男の子がいた。二人の娘のうち、姉は鏡王女《かがみのおおきみ》といい、妹を額田王といった。鏡王は額田鏡王《ぬかたかがみのおおきみ》と呼ばれることもあった。

額田部の女の乳母に育てられたからであろう。

鏡王女は推定六三四年、額田王は六三六年の生まれであった。鏡王は斑鳩宮に入り込んでいたのではなかったため、六四三年、蘇我入鹿が山背大兄皇子一族を滅ぼしたとき、かろうじて難を逃れたが、危ういところであった。

吹黄は、幼い娘たちに字と歌の教育をした。字を書く吹黄は、歌を書く女として、皇極天皇の宮廷に出入りすることもあり、歌を唱和することもあって、文字を知っていることで宮廷で重宝されることを知っていた。

孝徳天皇は難波に宮を作ったため、中大兄は中臣鎌足とともによく斑鳩を通って馬で難波宮に通っていた。難波にも出仕していた吹黄刀自にさそわれ、三室山の麓の鏡王の家を訪れた中大兄は、姉娘の鏡王女を供され、足繁くこの家へ通うようになった。

中大兄の鏡王女に対する「大島の嶺に　家もあらましを」、鏡王女の「樹の下隠り」「磐瀬の杜」の歌はこの頃書かれた。いつも同行する中臣鎌足にも当然女が供された。

妹の額田王は、吹黄の手引きにより、六四八年頃、中大兄について来ることのあった大海人皇子の最初の妃となった。推定十三歳であった。

この頃（白雉元年、六五〇年）、父親鏡王は、「白い雉」を天皇と皇太子に奉納するさい、猪名公高見《いなのきみたかみ》の名で白雉の輿を担ぐ役をしている。「いな」にいろいろな漢字が当てられるのは当時は当て字が固定していなかったためである。鏡王はこの頃すでに為奈真人《いなまひと》として臣籍に降下していたものと思われる。

その頃、額田が書いた歌が、３２２１の「冬ごもり　春さり来れば」（六五一年頃）である。やがて、姉妹は明日香に移り、額田王は三輪に住み、娘、十市皇女《とおちのひめみこ》が生まれた。吹黄はつきっきりでこの姉妹と十市皇女の世話をした。

額田はついで六五三、四年頃、「うらぐはし　山そ　泣く子守る山」（３２２２）を書いた。十市が生まれてまもない頃である。まだ乳のほとばしるような頃であった。

この頃、額田は三輪の家で、夫の大海人を送り出して待つ歌、長歌３２６８（三

諸の　神奈備山ゆ）、反歌3269（帰りにし　人を思ふと）、長歌3280（我が背子は　待てど来まさず）と反歌3282（衣手に　あらしの吹きて）、同3283（今更に　恋ふとも君に）などを書いた（3281は省略）。孝徳の難波の宮は長く、九年にわたって続いた。

中大兄は痺れを切らしたように、六五三年、勝手に都を明日香に移してしまう。翌年、孝徳は失意のなかで没した。

二、天智も決意する

ここから天智と額田王が相見るに至る六五六年に入る。二人が恋に落ちる最初のきっかけは、中大兄が九月初旬、鎌足に命じて「春山万花と秋山千葉」を比較させる漢詩と歌を朝廷の人々に書かせたことにあった。そのとき、額田は長歌を書き、文字を操る女性として現れ、宮廷の人々を驚かせた。簾を通しても、その美しさはみなにわかった。

額田王は0016の「秋山そ我は」を書き、激賞された。漢詩はよくても、よさがよくわからない。和歌は自分のたちの言葉だから、謡われればすぐわかる。もしかして、額田王は自ら歌ったのかもしれない。

とはいえ、この催しでの他の歌、詩は残っていない。こうした催しはよくおこなわれたが、それらの記録は、壬申の乱ですべて失われた。

この歌は万葉集では、近江朝への遷都の歌の前に置かれているから、巻一の最初の編纂者は、この行事がかなり前のことであることを承知していた。多分、額田自身が配置した。

この秋山の歌の後、額田王は「小鈴《こすず》もゆらに」の歌を書き、槻の木の枝を折って、歌をつけて中大兄に贈る。中大兄はぐらついたが、実弟の妃を奪うことをためらう。

このとき、額田王は、天智こそ自分の男と思い、この恋を叶えないでは生きている意味もないとまで思って、3250の「我は言挙げす」を書き、天智に送った。

ついに天智が決意した。可愛く、美しいだけの女ではない。天智は天武と話し合い、娘たちを嫁がせる約束をして、額田を譲り受け、彼の別荘のようになっていた近江のほとりへ額田を連れて行った。

万葉集巻一の「宇治のみやこの仮廬《かりいほ》」の歌は、記念すべき最初の夜の歌である。秋草の匂いが漂ってくるような歌だ。しかし、書かれたのは、すこし後であろう。思い出として書かれているからである。二人はこの九月を忘れまいと誓い、この恋をこそ永久に伝えようとも誓った。日本の文化はここから始まるとまで二人は思った。恋を貫き、この恋を書き表すことが、国の文化を造ることであると確信していた。

うたびととは、人の心の表現が歴史や文化を作っていくと考える者のことをいう。万葉集を作ったうたびとは、額田王、柿本人麻呂、大伴家持の三人であり、天智はそうした人々を理解し、支持することができる人物だった。

「我は言挙げす」(3250)についている反歌二首、「我は言挙げす」の前に置かれている、額田王の長反歌(3248、3249)がこの頃に書かれる。巻十二の短歌の2979もこの頃と見るべきであろう。

前章にあげた巻四の額田王と鏡王女の「簾動かし」の応答歌はこのすこし後で

あろう。

姉妹を一人の男が得て、片方に行き、片方には行かないというような設定であり、比較としては無慈悲であるが、この二つを並べているのは、まさにそういう意味であろう。

鏡王女の歌は、夫の藤原鎌足が亡くなった後との解釈する人もいるが、ここは天智と額田王が結ばれた直後と見る。母親、吹黄刀自の二人を慰める歌にも、このとき三人で会っていた現場感がある。

この後、天智は鏡王女を中臣鎌足に譲ったのであろう。

当時、額田王は二十歳、鏡王女は二十二、三歳、天智は三十歳、中臣鎌足は天智よりも十二歳上の四十二歳だった。

鎌足が許されて采女《うねめ》の安見児《やすみこ》を得たのもこの頃ではないか。天智としては、天武との間の難しい話をまとめてくれた鎌足に対して厚く礼をしたのであろう。

当時、貴族たちが采女に手を出すことは厳禁であった。天智が伊賀の采女に手を出し、大友皇子を生ませたことも批判されていたようである。とくに跡を継がせるならば皇族系でなければならないと思う人もいた。

姉妹のこの二首は巻八にも、1606、1607として出ている。漢字表記がわずかに違うだけであるから、それは無視することにする。

これらの歌が、作られたのは六五六年秋以降、六六一年あたりまでと思われる。

三、筑紫への移動

六六一年、中大兄は大決断をする。かねて、朝鮮各国から大和は大いに頼りにされていたが、とくに百済は新羅に押されて崩壊の危機にあった。百済は早くから皇子の余豊章《よほうしょう》を日本に送り込んでいた。万葉集巻一の0005の長歌と0006の反歌は、「軍王《こにきしのおおきみ》」の作とされているが、これは余豊璋とみられる。

まさに、この余豊璋を百済の王として立て、百済を復興するために、大和は立ち上がった。新羅、唐の連合軍と戦うことを決めたのである。

そのために、中大兄は九州と大和の間を行き来していたが、ついに大和の朝廷を那《な》の大津(博多)に移すことを決めた。朝鮮に分国を作るのが第一の政策のような感覚であった。

その余豊璋は三十年も日本にいて、日本の歌も作るほどになっていた。その余豊璋も連れ、宮廷の全員も連れて朝廷は現在の博多へ向かって大移動をする。額田王の集に軍王の歌が入ったのはこのときかもしれない。

大胆で大がかりな政策であった。大船を千隻も用意し、兵も三度の出兵で総数十万人に及んだ。斉明天皇はもちろん、中大兄皇子、大海人皇子、その妃たちも全員が乗船した。

おそらく神功皇后《じんぐうこうごう》の頃にも同様の宮廷移動はあったけれども、スケールは比べもののないほど大きかった。六四五年から十六年が経っており、大化の改新も進んで、旧豪族の力も封じ込め、全権を一手に握っていたから、こういうこともできたのであろう。

この大移動の間の歌は、額田王の「熟田津《にきたつ》」の歌一首しかない。日付もわかっている。

六六一年正月六日に難波を出港し、一月十四日熟田津に着いた。

しかし、ここに七十日滞在し、三月二十五日出港する。

「熟田津」は額田王のそのときの歌である。

熟田津《にきたつ》に　舟乗《ふなの》りせむと　月待てば　潮《しほ》もかなひぬ　今は漕《こ》ぎ出《い》でな

熟田津尓　船乗世武登　月待者　潮毛可奈比沼　今者許芸乞菜（0008）

大船団の移動であった。正月六日に船出して、八日には邑久《おく》の海で大田皇女が天武の子を生んだ。大伯皇女《おおくのひめみこ》、後の大津皇子の姉である。鸕野讃良《うののささら》（持統）は一年後博多で草壁皇子を生む。

天武は二人の天智の娘を妻にして一行におり、天智は額田王とともにいた。今の感覚なら異様な一族の旅である。だが、ここにいる人々がその後四十年日本を支配し続ける。

道後温泉に近い港で、斉明は夫、舒明天皇とこの温泉に遊んだことがあった。船団はここに七十日間留まる。何か理由があったものと思われる。斉明はこの後すぐ博多で亡くなるから、体調が不全だったのか。おそらく一行はじりじりして出港の時を待っていたであろう。

六六一年三月二十五日に出港する。数百隻の軍団もいっしょであった。この歌の勢いが、その規模を物語る。さあ、いよいよ船出しようとみなに呼びかける。堂々としているが、最後の呼びかけのフレーズが女性らしい。

二十五歳、輝くような時だったろう。額田はもう行事ではつねに主役で、顔を隠すこともなかったと思われる。

斉明、天智は歌で人々を鼓舞するようなことが好きであった。

その次の歌は、難訓で知られる０００９の歌で、いままで斉明の行幸のさいの歌だろうから、順序はもっと前だろうと推定されているが、私は斉明が亡くなって九州から大和へ帰った後、天智が紀州へ旅立った時の歌と見る。称制《しょうせい》中だったため、中大兄の旅は行幸とは言い難い。したがって記されることもない。称制とは先の天皇が亡くなり、次に即位する者が即位しないまま天皇の代りを務めることを言う。

おそらく次の「中皇命《なかつすめらみこと》」は孝徳天皇の間人皇后で、その旅に同行したのではないか。「中皇命」は、中大兄を基準とした名称で、孝徳の皇后としての立場を記していないのも、額田メモであったためと思われる。額田はメモのなかで、ときに中大兄を自分自身のように書く。

額田は残って、出立した天智に向けて歌を書いたのであろう。

莫囂円隣之　大相七兄爪謁気　我《わ》が背子《せこ》が　い立たせりけむ　厳橿《いつかし》が本《もと》

莫囂円隣之　大相七兄爪謁気　吾瀬子之　射立為兼　五可新何本（0009）

いままでに数十種類の読み方がなされているが、どれもうまく当てはまらない。しかし、後半だけでも厳粛な恋歌のふんいきがわかる。推定年は間人皇后が天智四年（六六五年）に亡くなっているので、六六四年頃であろう。皇后の療養のためだったかもしれない。天智は唐・新羅軍に敗れて、人生で最初の失敗を味わっているときであった。

八百隻の船の四百隻が沈められ、四万二千人のうち、一万を超える兵を失った。何事も簡単にやってのけた神がかりの天智、鎌足のコンビが唯一臍を噛むような大敗戦である。弱った百済を助け、朝鮮にしっかりした地盤を築こうとした目論見は破れ、日本は足掛かりも失ってしまう。

これは日本が唐と戦った最初の戦いでもあった。このとき、唐・新羅の軍は十三万を超えていたとされる。古代中国が一番力の強かった時であった。

四、近江への遷都

近江遷都の六六七年春、額田王は三輪山を去る歌を書く。第三章に載せた長歌（0017）と反歌（0018）である。

近江へ遷都した翌年、五月五日、近江宮廷全員参加の薬狩りが行われた。薬狩りは百済の医療の知識に基づくものだったと考えられる。舒明天皇の頃から百済のさまざまな文化が日本の文化に入って来た。巨石文化、石造りの庭園、朝鮮式平城など、それまでの日本文化になかったものが、多く採り入れられている。

一行は、辛崎の港から対岸の蒲生野へ向けて出発した。

女は薬草を集め、男たちは鹿を追い鹿茸《ろくじょう》を集めた。それは貴重な精力剤である。全体が賑やかな催しであるから、盛大な宴で締めくくられたものと思う。その宴で、天智天皇は額田王と大海人皇子《おおあまのおうじ》に歌のやりとりをするように求めた。大胆だが、そこにいる人みなが、大喜びするようなシナリオだったろう。まず、額田王がこう呼びかけた。

あかねさす　紫野《むらさきの》行き　標野《しめの》行き　野守《のもり》は見ずや　君が袖振る

茜草指　武良前野逝　標野行　野守者不見哉　君之袖布流（0020）

これに対して、大海人皇子はこう応えた。

紫の　にほへる妹《いも》を　憎くあらば　人妻《ひとづま》ゆゑに　我《あれ》恋ひめやも

紫草能　尓保敝類妹乎　尓苦久有者　人嬬故尓　吾恋目八方（0021）

男女のやりとりする歌として、こんなに気の利いた楽しい歌の応酬はほかになかったと言っていいだろう。それこそ永遠に語り草となるような二首となった。宴は爆発するような喝采で湧き、額田王と大海人皇子も面目を施したにちがいない。

大海人皇子、天武天皇も、何首か歌を残している。しかし、かならずしも、気が利いた歌とは言えないものが多い。どちらかと言えば、憂鬱な性格だったのではないかと思うくらいだ。

しかし、この返歌はとてもやわらかでよい。天武の作品のなかではベストであろう。

この宴のさい、天智は高笑いしていちばん喜んでいたであろう。派手なことが好きでない天武のほうはむしろ苦虫をかみつぶしたような顔をしていたのではないか。この話はみながあきてしまうほどの噂話となっていたから。

ちょうどこの頃、大友皇子が十市皇女と結婚し、天智は皇太弟の大海人を外そうとし始める。

五、天智逝く

額田の次の歌が出るのは、六七一年十二月三日、天智が亡くなった後である。高貴な皇族がなくなったときは、しばらく特定の場所を設け、死体を安置し、生きていたころと同じようなことをして、死者の復活を願う行事があった。その時期のことを殯《あらき》という。その大殯《おおあらき》のときに額田が作った歌は、

かからむと　かねて知りせば　大御舟《おほみふね》　泊《は》てし泊《と》まりに　標結《しめゆ》はましを

如是有乃　懐知勢婆　大御船　泊之登万里人　標結麻思乎（0151）

こうなるとわかっていたのなら、あなたの船が停泊しているうちに、標縄《しめなわ》でつないでおけばよかった。

さらに翌年五月大友皇子らが天智を山科の陵に葬ったとき、額田は長歌を残している。

やすみしし　わご大君《おほきみ》の　恐《かしこ》きや　御陵《みはか》仕《つか》ふる　山科《やましな》の　鏡《かがみ》の山に　夜《よる》はも　夜《よ》のことごと　昼《ひる》はも　日のことごと　音《ね》のみを　泣きつつありてや　ももしきの　大宮人《おほみやひと》は　行き別れなむ

八隅知之　和期大王之　恐也　御陵奉仕流　山科乃　鏡山尓　夜者毛　夜之尽　昼者母　日之尽　哭耳呼　泣乍在而哉　百礒城乃　大宮人者　去別南（0155）

この歌の最後の三句の「ももしきの　大宮人は　行き別れなむ」は、みんな離れて行ってしまうというニュアンスもあり、この歌を八月下旬以降の壬申の乱の敗戦の後ととらえることもできる。乱は四十日程度で終わってしまったのだった。

この後に第一章で述べた「天地に　言満てて」の挽歌（3329）がくる。六七二年十月以降の歌である。公式の歌と異なり、私情を熱く歌っている。これは人麻呂の場合も、公式の歌と私的な歌とが違うのと同じである。もはや天武の時代となっていた。

額田王は、しばらくは、三室山の実家に避難していたであろう。

六、その後の額田王

人々はみな飛鳥浄御原宮《あすかのきよみはらのみや》に移動する。天武系も天智系も新しい宮に移るが、天武の死後、持統は、近江朝の文化政策を吉野滝宮で実現しようとし、和歌を奨励する。額田王が天智の遺志だとして、勅撰集を作りたいと申し出た可能性がある。おそらく持統の指揮で人麻呂がその集を受けて、原万葉集を作り始めるが、やがて持統は勅撰集を強行する気持ちを失くしてしまう。自分が殺害した大津皇子の挽歌が巻二に収められたからである。

持統はそれを除外せよとはいえなかったようだ。しかし、集に対する興味を失ってしまった。

額田王には、吉野行幸に随行した弓削皇子《ゆげのみこ》との応答の歌がある。弓削皇子は天智の娘、大江皇女《おおえのひめみこ》と天武の間の子、大江は天武二年に、天武に嫁いでいる。長男が長皇子《ながのみこ》、弓削皇子は弟で、この二人はもしかすると皇位につくこともあり得るという微妙な位置にいた。二人とも、和歌が好きで、とくに長皇子は人麻呂と仲良かった。人麻呂に狩りに同行してもらい、すばらしい長、短歌を書いてもらっている。

弓削皇子は、額田王を歌の仲間に引っ張り込みたい気持ちであったかもしれない。あるいは人麻呂の希望だったかもしれない。

額田王は藤原大嶋《ふじわらのおおしま》の妻になっていた。とすると、元明天皇の時代（在位七〇七年〜七一五年）まで生きていたことになる。弓削皇子は六九九年、二十代後半で亡くなっている。すると、額田王は六三六年生まれとして、応答歌の頃、六十歳程度となる。

当時としては、相当の高齢である。よくぞその時期の歌を遺してくれたものである。弓削皇子の「古《いにしへ》に恋ふる鳥かもゆづるはの御井《みゐ》の上《うへ》より鳴き渡り行く（０１１１）」（泉のうえをほととぎすが鳴いて渡る。蜀王のように、昔のあなたを恋する

人ではないか）という問いかけに対し、額田王は、

古に　恋ふらむ鳥は　ほととぎす　けだしや鳴きし　我《あ》が恋《こ》ふるごと
古尓　恋良武鳥者　霍公鳥　盖哉鳴之　吾恋流碁騰（0112）

古い時代を恋して鳴くのはほととぎす、おそらく私が思うように鳴いていたのでしょう。

同じ句を使って受け、鳥が恋して鳴いていたのでしょうと、軽く受け流している。私が恋しいとは言っていない。気持ちの厳しい人である。続いて、弓削皇子が苔の生えた松の枝を送ったのに対し、

み吉野の　玉松が枝《え》は　愛《は》しきかも　君がみ言《こと》を　持ちて通《かよ》はく
三吉野乃　玉松之枝者　波思吉香聞　君之御言乎　持而加欲波久（0113）

苔むす松の枝はいとしい。あなたの言葉を運んでくる。

と答えた。松の枝には手紙がついていたのであろうか。しかし、あまり深く入り込まないようにしている。それでも、人麻呂はこれを万葉集に入れた。人麻呂自身ももう人生は終わりに近づいていた。

朝臣《あそみ》額田姫は、中臣《なかとみ》大嶋の妻として、持統のため、草壁皇子を祀る粟原《おおばら》寺を創建する。壬申の乱後、額田は臣下となって藤原大嶋に嫁ぎ、安定を得たのであろう。そのとき、持統が父、天智に代わって世話をした。その持統に対する礼として、粟原寺を創ったのであろう。

粟原寺付近にあったと見られる額田王の墓は、葛野《かどの》王によって、天武天皇と持統天皇の墓の近くに移葬されている。天武系は天智系を疎外しないように配慮するところがあった。つまり皇親政治を貫こうとした。

結果として、その後も天智系が多く皇位につく。現天皇の系統は、天智の皇子であった志貴皇子《しきのみこ》の系列である。

持統は、文化政策では、天智の近江朝を継ぐ気持ちが強く、額田王の希望どおり集を作り始めたが、夫、天武の権威を落とすことができないため、額田の歌の一部を作者不詳とした。あるいは、額田自身が、持統に渡した集から、私的な歌を抜き取り、古歌集として渡した可能性もある。

額田王の作品は、二十八首となったが、うたびとの作品としてはまだ数は少ない。人麻呂、家持は五百くらいの歌を残している。今日のうたびとならば、生涯に一、二万はざらである。私は額田王が実際に書いた歌は、この十倍ははるかに超えると見る。

額田王作品年表（※は推定新作品の十六首）

六五一年	３２２１	冬ごもり　春さり来れば※
六五三年	３２２２	泣く子守る山※
六五五年	３２６８	三諸の　神奈備山ゆ※
	３２６９	帰りにし　人を思ふと※
	３２８０	我が背子は　待てど来まさず※
	３２８２	衣手に　あらしの吹きて※
	３２８３	今更に　恋ふとも君に※
六五六年	００１６	冬ごもり　春さり来れば・・・秋山そ我は
	３２２３	かむとけの　日香空の・・・小鈴もゆらに※
	３２２４	ひとりのみ　見れば恋しみ※
	３２５０	我は言挙げす※
	３２５１	大舟の　思ひ頼める※
	３２５２	ひさかたの　都を置きて※
	２９７９	まそ鏡　直目に君を※
	０００７	秋の野の　み草仮葺き
	３２４８	磯城島の　大和の国に※
	３２４９	磯城島の　・・・人二人　ありとし思はば※

六五八年	0488	君待つと　我が恋居れば
六六一年	0008	熟田津に　舟乗りせむと
六六四年	0009	莫囂円隣之　大相七兄爪謁気
六六七年	0017	味酒　三輪の山
	0018	三輪山を
六六八年	0020	茜さす
六七一年	0151	かからむと　かねて知りせば
六七二年	0155	やすみしし　わが大君の
	3329	白雲のたなびく国の・・・万代に　語り継がへと※
六九六年	0112	古に　恋ふらむ鳥は
	0113	み吉野の　玉松が枝

第六章　天智はどんな人物だったか

一、乙巳《いっし》の変へ

額田の歌ではないかと私が見なした歌は、天智天皇の生の顔を見せてくれた。天智天皇が発した言葉も、含まれていた。それで新たにわかることが大きい。言葉が再現されるということは、何より大きなことである。

一方、万葉集に額田王作として出ている歌は、天智天皇自身については、何も書いていないに等しい。ただ作者がその男を恋して待つとだけ書いてあるだけである。

しかし、新たに額田作と私が見た作品は、天智がどういう人物だったかを、はっきり示しているだけでなく、添えられた反歌では、天智天皇と思われる恋人を褒めたたえている。

他の恋歌を見ても、自分の恋人をあからさまに誉めているものはそう多くない。「恋しい」とは書いても、人物描写も人物評価もしないのがふつうである。

ところが、新たに額田と私が想定した歌の反歌は、私の男は中大兄《なかのおおえ》ですよといわんばかりに人物を評価する。

巻十三の推定額田作のうち、三首の反歌はこういう。

大舟《おほぶね》の　思ひ頼める　君故《ゆゑ》に　尽《つ》くす心は　惜《を》しけくもなし（3251）

ひさかたの　都を置きて　草枕《くさまくら》　旅行く君を　何時《いつ》とか待たむ（3252）

磯城島《しきしま》の　大和の国に　人二人《ふたり》　ありとし思《おも》はば　何か嘆かむ（3249）

男は大船のように頼りになる人物であり、大きな仕事をしているから、いつも遠くへ出かけている。こういう人物は、この広い大和全体にただ一人しかいない。まるで自分の男を自慢しているようなものである。

額田の目で見て、中大兄はふつうの男たちとは、まったく違った人に見えていたらしい。この評価は、中大兄、天智天皇という男の一生を見れば、まさにぴったり当たっていると言えよう。額田王の特徴は、そういう別格の男をいかにすばらしい男であるか、評価してそれを表していることである。

男を上から見ているような意識の高さまで感じられる。彼女は、中臣鎌足が見込んだように天智を見込んだのである。

中大兄は、六四五年六月十二日、中臣鎌足と図って、蘇我入鹿《いるか》を暗殺し、自ら国の全権力を一手に握った。これらのことは『日本書紀』『藤氏家伝』にかなり詳しく書かれている。作戦参謀は、中臣鎌足であった。事前に中大兄は鎌足の忠告通り、蘇我の二番目の勢力、蘇我倉山田石川麻呂の娘と婚姻した。最初、長女と契ったが、その夜のうちに石川麻呂の息子の武蔵に盗み出される。

気の強い中大兄は、武蔵を斬ろうとしたが、鎌足に止められた。その妹にあたる遠智娘《おちのいらつめ》がそれなら私が行きますと申し出て、中大兄の妃となった。後の大田皇女、持統天皇の母である。もう一人の娘、姪姫《めいのいらつめ》も中大兄の妃になり、後の元明天皇を生んだ。こうして、二人はかなり前から入鹿暗殺後の体制を整えていた。

中大兄の直情径行の性格は、雄略天皇や日本武尊《やまとたけるのみこと》を思わせる。

鎌足は、蘇我の横暴を見かね、天皇中心の朝廷を作ろうとして自分といっしょに事を果たせる皇族を探していたが、皇太子の古人大兄皇子、軽皇子《かるのみこ》（皇極の弟で後の孝徳天皇）も失格で、哲王《さかしきみ》として中大兄に目をつけた。

中大兄と知り合う機会を求めて、ある日大きな槻の木の下で蹴鞠をする皇子たちを眺めていたが、たまたま毬を蹴った中大兄の靴が脱げて飛んできた。鎌足が靴を拾い、恭しく中大兄に差し出すと、中大兄も恭しくそれを受け取った。

こうして、知り合いとなり、話もするようになった。鎌足は、中大兄より十二歳上だった。太政大臣の蘇我入鹿はその頃、三十六、七歳で鎌足より、四、五歳年上だったらしい。

中大兄は、鎌足と知り合った当時はまだ十五、六歳くらいであったろう。というのは、遠智姫の生んだ次女、持統天皇は六四五年に生まれている。長女の大田皇女は一歳以上上のはずだから、六四三〜六四四年には生まれている。すると、中大兄と遠智姫の結婚は、六四二年か三年でなくてはならない。

計画は、六四二、三年頃から練られていたのである。

六四一年十月父舒明天皇が亡くなり、その大殯《おおあらき》で、中大兄は十六歳で 誄《しのびごと》 したと書紀の記事にある。中大兄の行動が初めて記された時である。しのびごととは、弔辞を演劇化したようなもので、それを行うことは選ばれた人というくらいの意味がある。

そこから鎌足が中大兄に向かって動いたと見るべきであろう。相当早く動いている。蘇我入鹿は、翌年十月太政大臣に任命されて、斑鳩の山背大兄王《やましろのおおえのおう》の一族をその後の一か月で追い詰め、結果として王子たち二十数名を含め、一族を滅ぼしてしまった。その暴挙は、まさに中大兄、鎌足、入鹿の三人が南淵請安《みなぶちのしょうあん》の塾生であったときと重なる。

聖徳太子の子の山背大兄王は、その十二、三年前推古天皇がなくなったときも、皇位に最も近い皇子であったが、蘇我馬子《うまこ》、蝦夷《えみし》は田村皇子（舒明）を立て、山背大兄王の即位を阻んだ。山背大兄の母は馬子の娘であったから、血筋としては蘇我に近かったが、蘇我親子は聖徳太子系の人望を嫌ったと思われる。聖徳太子が斑鳩に移った頃から、太子は仏教研究と『三経義疏《さんぎょうぎしょ》』の執筆、法隆学問寺での教育に主力を注ぎ、摂政としての役から引いて政治は推古天皇と蘇我馬子にゆだねたようなふんいきがあった。「世間虚仮《せけんこけ》」の言葉はそのあたりの事情を物語る。

聖徳太子は蘇我にはけむたい存在であったようだ。その子の山背大兄も、山羊のような風貌といわれながら、人望があったようで、舒明即位前から推す人も多かったが、そのときは若すぎるのが難点だともいわれているから、その頃十代半ばから後半だったのではないかと思われる。かりに十六歳だったとすれば、山背大兄は、六四三年には三十歳程度となる。

山背大兄王は、残念なことに聖徳太子とは違って書いたものを遺していない。しかし、政治的なところはほとんどなかったようで、最後に斑鳩寺に追い込まれたとき、国民を戦争に巻き込むより、「吾が一つの身」を蘇我「入鹿に賜ふ」と言い、無抵抗を貫いて、「終《つい》に、子弟《うから》、妃妾《みめ》と一時《もろとも》に自ら経《わな》きてともに死《みう》せましぬ。」一族とともに首をくくって死んだというのである。

身一つというのは一族郎党全員をふくんでいたのである。「身一つを入鹿に賜ふ」というのは、カッコいい言葉ではあるが、これを徳というべきであろうか。

これが六四三年の十一月の出来事であった。中大兄はすでに数え年で十九歳であり、娘が生まれており、おそらく次の娘も遠智姫の腹の中にあった。蘇我倉山田石川麻呂の支持は明らかであった。皇族、宮廷には、表向きは別として、入鹿の山背大兄王一族に対する暴挙に対し、怒りをため込んでいる者が多かったであろう。

というのも、日本は聖徳太子が引いた路線の上にいて、そこから新しい希望も起ち上ろうとしていたからである。

時代は蘇我の時代であった。同時に聖徳太子の時代でもあった。また同時に女帝の時代でもあった。しかし、この時代を貫いたものは、聖徳太子の方針だった。太子は五七四年の生まれで、天智の世代から見ると半世紀前の人である。

本居宣長は、日本に漢字が入ってくるまでは、「字」という概念も「本」という概念もなかったと言っている。中国と接触のあった邪馬台国の頃に日本人にはすこし文字と接触する者がおり、五世紀初めに王仁、あるいはそれに類する人が、『論語』や『千字文』などを伝えたといわれる。その頃から文字を習得する者がいたと思われるが、帰化した人々が字を使って記録することも始まったであろう。

初めて文字を本格的に学んだ日本人が聖徳太子（厩戸皇子《うまやどのみこ》）である。この人は、学問するだけでなく、紙、墨、硯、筆の技術を朝鮮から仕入れ、みずから本を書き、本を作った。『三経義疏』がその最初の本である。日本という国名の基を作り、初めての日本国憲法を起草し、朝廷に位階階級制度を作り、斑鳩の法隆学問寺で学問を教えた。

太子にも蘇我のＤＮＡは色濃く流れており、蘇我の宿敵、物部《もののべ》氏との戦いにも加わって軍功もあげ、若くして推古天皇の皇太子となり、摂政となった。六〇〇年、六〇七年、六〇八年と遣隋使を隋に派遣し、中国で勉強して日本へ帰らせる長期留学生も送った。六〇〇年から六一八年（この年隋が滅び、唐となる）までの間に五回も遣隋使を出している。

聖徳太子は、日本を「文」化したかったのである。まず人々が文字を知らなくては何も始まらないと彼は思ったのだ。これが彼の基本方針であった。これは今日まで日本に流れている精神であろう。日本が遅れているという意識が、炎のように燃え上がっていたに違いない。蘇我氏とともに難波に大きな四天王寺を建て、中国からの客に見せるようにしている。中国に対して負けまいとする気持ちは、中国の皇帝に対する手紙の文章に満ち溢れている。

ちなみに聖徳太子についで遣唐使に熱心な天皇は、天智天皇であり、支配した期間に六回の遣唐使を送っている。思うに彼も知識欲の塊であった。

『藤氏家伝《とうしかでん》』に鎌足自身の言葉として、「自ら負《たの》みき。識者《ものしるひと》心を属《つ》け、名誉《めいよ》日々に弘まれり。」とある。これは、己に恃むところがあった。識者に付いていくようにした結果、名誉も日々に弘まった、という意味である。つまり、よく学び、よく物事を知る人を訪ね、近づいたということであった。これはたまたま鎌足の考え方だが、天智も同じであったと見るべきであろう。よくものを知る人を求めていく。これが二人の鉄則のようなもので、二人が離れることはなかったと同書に書かれている。彼らは同じ駕籠で宮廷に通った。

六〇八年に隋に渡った長期留学生のうち恵日《えにち》が、六二三年に帰国した。彼は薬《くす》師《し》だったが、その他いろいろな本も持ち帰っていたであろう。聖徳太子が亡くなった直後だが、その持ち帰った本が刺激を与えたはずである。変化はとくに詩歌に現れた。その頃から比較的自由であった日本の詩歌が五七化する。当時の中国の詩歌が五言と七言だったからと見られる。日本は漢字の勉強がやっと本格化する時期であり、中国にはすでに三万字もの漢字があった。持って帰るすべての文物が教科書であった。語数を整えようとしたのは当然だったろう。

その後、六三二年に僧、旻《みん》が帰国、六四〇年に高向玄理《たかむこのくろまろ》と南淵請安《みなぶちのしょうあん》が帰国した。帰国留学生たちは学習塾を作り、青年たちに隋、唐の知識を教えた。

旻の塾では、入鹿と鎌足が学んだが、傍若無人な入鹿も鎌足が遅れて入って来ると立ち上がって敬意を表し、師の旻も「あなたには何かがあるから、身を大事に」と言ったという。

南淵請安の塾に、中大兄、中臣鎌足、蘇我入鹿の三人が揃っていたのも、朝廷全体のふんいきを物語る。新知識に接していなくては、明日はないというような切迫感があったであろう。それが聖徳太子がこの国に植え付けた基本方針であった。初めて知識というものに接した一部の日本人が向学心に燃え上がっていた。この情熱がいまの日本社会では感じにくいかもしれない。もし比較できるものがあるとすれば、明治のそれであろう。

当時は朝鮮半島では百済、高句麗、新羅の三国が対立し、そこに長年高句麗を襲っていた隋、その後は唐がからみ、その三国から日本に使いが送られ、貢物が届いていた。日本からの援軍をほしがっていたのだ。日本もまた失った任那《みまな》を復活させようと、兵を送り付けては、三つの国にもてあそばれていた。とくに新羅と唐の力が増大した。

こういう時代のさなかに、聖徳太子の一族が、蘇我の長子によって突然抹殺されたのであった。ここに、鎌足と中大兄が切迫した気持ちになった理由があった。一日も早く蘇我入鹿の暴虐を止めなくてはならない。

入鹿に天皇家外戚第一位の席をゆずった蘇我蝦夷は、この粛清事件を聞いて、
「噫《あ》、入鹿、極甚《はなは》だ愚癡《ぐち》にして、専《もは》ら暴悪《あしきわざ》を行へり。儞《い》が身命《いのち》、亦殆《またあやふ》からずや」
と嘆いた。入鹿自身のいのちが危ないと言っている。

蝦夷は聖徳太子を政治から遠ざけ、研究や執筆に追いやり、推古天皇と政治を動かしてきたが、その政治や外交は聖徳太子の引いた基本線の上にあり、人々の知的欲求はその線上で成長しつつあった。山背大兄王は、皇位にはつかなかったけれど、人々の意識の上では本来跡を継ぐべき人と思われていた。

時代の精神は、斑鳩にあることは、誰も疑っていなかったからである。

だから、蝦夷も入鹿がいずれ危険に陥ると感じた。つまり入鹿はその大きな流れを知らなかったということができる。鎌足と中大兄は、機の熟するのを待つだけとなった。

鎌足と中大兄は六四五年六月十二日、飛鳥の板葺《いたぶき》宮での朝鮮三国の使いたちが貢物を差し出す儀式のさいに、蘇我入鹿を呼び、その席で暗殺することを決めた。蘇我倉山田石川麻呂が上奏文をよみあげる役をし、中大兄ら直接襲う者三人が儀

式を行う板葺宮の近くに身をひそめる。

鎌足らはやや離れて弓矢を持って見ている。事前に道化の俳優が入鹿の太刀を預かり、各門の護衛には何者も中に入れないよう指示が出されていた。すでに朝廷の政治は、蘇我の手に移っており、外交だけが天皇主導のような形になっていたと見られる。皇極は舒明の皇后だったが、舒明没後中継ぎの天皇として立てられていた。

入鹿はその後の天皇として、古人大兄皇子を立てようとして、山背大兄王の一族を襲ったのである。儀式が始まった。

しかし、蘇我倉山田石川麻呂は怖気づき文を読みながら震えだした。「どうしたんだ」と人に聞かれ、「天皇の前で怖れ多いゆえ…」と石川麻呂はごまかしたが、襲い掛かる役割の中大兄の指揮下にいる二人の強者も怖気づいてなかなか飛び出して行けなかった。

中大兄は、これはまずいと自分が飛び出して行って、「やあ」と蘇我入鹿に最初の一太刀を浴びせた。後からついてきた二人も、入鹿に斬りつけ、暗殺はかろうじて成功した。中大兄の機転がなければ、おそらく失敗していたであろう。

中大兄はすぐ法興寺（飛鳥寺）に入って陣を作った。皇子を初め宮廷の全員がここに集結した。人を使って入鹿の死骸を届けさせ、蘇我軍を作ろうとした漢の一族に、将軍を遣わし、臣が君をあざむくことができないこの国の掟を破って、一族滅亡をあえてするつもりか、と説いて決起をやめさせた。

甘樫丘の蘇我一族も、蝦夷が自害して火をつけたため抵抗しなかった。国記だけはかろうじて焼失を免れた。ここで注目すべきことは、結局、入鹿と蝦夷しか、犠牲者を出していないことである。事が成れば、蘇我本流以外はたちまち中大兄の側についた。

戦争も起こらなかった。場合によっては大殺戮となってもおかしくなかった。乙巳《いっし》の変は、後の天皇が下手人となった暗殺事件として記憶され、中大兄が残虐な人間のように思われているが、これだけの革命を起こしてたった二人の犠牲者で終わっている。

これで蘇我稲目以来百年以上続いた蘇我の支配は終わった。

後に吉野へ逃げた古人大兄皇子は自死せざるを得なかったが、入鹿とともに山背大兄の一族を滅ぼした張本人であったから、やむを得ないことだった。

二、天智の目指した国造り

中大兄と鎌足は、母の弟の軽皇子を立てて孝徳天皇とし、中大兄は皇太子となって実際に支配し、鎌足は内臣として働いた。内臣とは中大兄と一体になって、仕事するという意味である。しかし、担当は軍事だったともいわれる。鎌足は兵法書『六韜《りくとう》』を暗誦するくらい読んでいたといわれる。その時期に日本にあったかどうかもわからないが、軍事に強い関心があったことは確かであろう。軍国に何の功も残せなかったと後に悔やんだのは、白村江の敗戦のことを言っていたのかもしれない。

母、皇極天皇は弟の孝徳天皇に譲位したことになる。これが、日本の天皇の譲位の最初の例であった。

中大兄は孝徳の皇后に同母妹の間人皇女《はしひとのひめみこ》を送り込んだ。中大兄と関係があったという説もある。後に難波の宮から飛鳥に帰るように中大兄が孝徳に迫ったとき、孝徳はこの指示を無視しようとした。ところが、中大兄の命令で間人皇后初め宮廷人はみな明日香に移動した。一人取り残された孝徳は気落ちして病死してしまう。

孝徳天皇は皇位についたためにすこし調子に乗っていたようなところもあった。有間皇子はこの孝徳天皇の皇子で、同様に浮かれたところもあったのかもしれない。謀反の疑いで処刑された。乙巳《いっし》の変の約十年後の事である。

鎌足と中大兄の計略は、聖徳太子の立てた基本方針を守ろうとする意思を含んでいた。『懐風藻《かいふうそう》』の序文はそう書いている。ただ、中大兄は仏教よりも詩歌の催し、漢詩の会、学問に熱心で、宗教運動というよりも文化のほうに力を入れていたようである。

「聖徳太子の偉業を受けて……、淡海《おうみ》の先帝、天智天皇が皇位を継いだ後は、帝業を広やかに耀かせた。天子の道は天地にいきわたり、その功は宇宙に光るものとなった。皇位に就く前から風俗を整え、民を教化するには文よりたいせつなものはなく、徳をしみわたらせ、人格を輝かせるには、何よりもまず〝学ぶ〟ことが先だと思い決めていた。そこで学校を作り、秀才を集め、法制を定め、……、なにもしないでも国は治まり、時間もあって、文学の士を招き、酒宴を楽しみ、君主も詩文をつづり、賢臣たちも歌を書いた。このときに、麗筆で文章を彫琢《ちょうたく》し、無数の詩歌も生みだしたが、壬申《じんしん》の乱によって灰燼と帰した。」と述べている。

天智天皇の政治の目的、国造りの思想について述べている文章は、これだけである。しかも書かれたのが、七五〇年頃だとすると、約八十年後に書かれていることになり、天智狂といっていいほど、天智よりの人物、淡海《おうみ》三船の書いたものであるらしいことから、うのみにはできない。だが、この熱狂の理由に何かがあると思わざるを得ない。

こういう熱狂的な支持者を持っている人物はこの頃ほかにいない。聖徳太子以降は、人麻呂、額田王、天智天皇の三人であろうか。天智の熱狂的、あるいは確信犯的支持者は、藤原鎌足、額田王、柿本人麻呂、淡海三船である。支持者の質が高い。そのうえ、娘であるとはいえ、持統天皇もまた隠れ支持者であった。

淡海三船は、名前からいっても、淡海《おうみ》(近江)朝の賛美者であり、天智・額田の崇拝者であったろう。「三船」は最初「御船」であった。「御船」は額田王の天智への挽歌のことばである。「三船」と変名したのは、吉野の三船山の「三船」とすることによって、名前に幅を持たせたのであろう。つまり淡海と吉野の文化を併せ持つイメージにしたのだ。

この人物は天智天皇にとっても額田王にとっても、天武にとっても、やしゃごに当たる。大友皇子と十市皇女の子、葛野王の孫だからである。七五〇年頃の知識人で、神武以来の天皇の漢風諡《し》号を決めた人でもある。つまり日本人はみな彼のお世話になっている。

私たちが神武だ、天智だといっているその名前は、神武も天智も知らなかった名前である。

天智の和風諡号は、「あめみことひらかすわけのすめらみこと」であった。天武は「あまのぬなはらおきのまひとのすめらみこと」である。いきているあいだは、すめらみことと呼ばれていたのであろう。とにかく、彼の前の世代の天皇については、すべて淡海三船が命名したことになる。皇族で一人、それ以前に漢風諡号で呼ばれていたのが、聖徳太子である。

聖徳太子だけはいつのまにか聖徳太子となっていた。

日本書紀は近江朝から政権を奪取した天武天皇を正当化するために作られたか

ら、天智の時代の文化的な事柄が書かれていない。しかし、歌を書く者たちは、そのことを意識していたから、万葉集にある程度記録されることになる。

何よりも文の道が大事で、何事もまず学ぶことから始まる、というのが、天智の思想だったと思われる。

三、天智の歌

ここまでは天智の事績を中心に述べたが、ここで万葉集などに見る天智の歌を見てみよう。新しく額田王作と私が考えた十二首の中の天智についてここではもう述べない。

まず有名な天智の三山歌と言われている三首について述べよう。

巻一の短い長歌００１３と、それに付けられた００１４と１５である。

香具山《かぐやま》は　畝傍《うねび》ををしと　耳梨《みみなし》と　相争《あひあらそ》ひき　神代《かみよ》より　かくにあるらし

古《いにしへ》も　然《しか》にあれこそ　うつせみも　妻を　争《あらそ》ふらしき（0013）

香具山と　耳梨山と　あひし時　立ちて見に来《こ》し　印南国原《いなみくにはら》（0014）

わたつみの　豊旗雲《とよはたくも》に　入日《いりひ》さし　今夜《こよひ》の月夜《つくよ》　明※けくこそ（0015）

まず十一句からなる0013は、反歌の0014も含めて、男っぽいユーモア歌であろう。昔から山同士も妻を取り合いをしたという。私らもついやってしまった。昔と何も変わっていないんだ。こうしたことを豪快に言い放つのも男のユーモアであるとこの作者は考えていたようだ。

大和三山は、比べてみると、畝傍山は香具山、耳成山（現代表記）よりかなり大きい。標高でいうと畝傍が198・8メートル、香具山が152・4メートル、耳成が139・2メートルであり、山の幅は一見してもっと差がある。

明らかに大きなこの山が女性で、小さな香具山と耳成山が争うのである。

私は奈良出身ではないから、歌だけで見ていた間はわからなかったが、実物を見、写真を見て大笑いした。女性の存在のほうが大きい。まるで女を仰ぎながら争っている感じである。天智はその面白さを書いたのだと思った。奈良の人から見れば、すぐにわかることではないか。

天智は豪快で楽しい人で、修学旅行を楽しむように、遷都したり、イベントをしたりするのが好きだった。みなを冗談で笑わせながら、宮廷を動かしていたようである。その横にいつも中臣鎌足がいた。

女が采配する必要があるときは、堂々と額田王が出てきた。

反歌００１４は、播磨の沖で作られたと見られている。印南国原に出雲の阿菩《あぼ》の神が大和三山の争いを見にやってきたという伝説があったらしい。したがって長歌もそのときに作られた可能性がある。天智は何度も難波から九州へと旅しているから、何時のことかはわからない。

たまたま播磨沖で伝承を聞き、長短歌を作ったのかもしれない。書き取ったのが額田王だとすれば、六六一年の筑紫への遷都の旅のさいであろう。天智は額田を従えており、天武も大田皇女、鸕野讃良皇女を妻として従えていた。母の斉明もいっしょだった。

天智は気分がよかったのではないか。

もう一つ、反歌であるかのように付けられている0015は、おそらく0013の反歌ではあるまいと言われている（※なお、最終句は鴻巣盛広の読み方とした）。それがふしぎだとか、おかしいという必要はない。当時、反歌というものは定義づけられているものではなく、人麻呂あたりになってやっと、決まったやり方のような〝感じ〟が出てきた。人麻呂は必ず長歌にはほぼ反歌をつけた。

天智や額田の頃には、長歌を書いても反歌をつけるかどうかは、かなり恣意的で、額田の場合は五分五分である。反歌は、楚辞の乱や、賦の反辞にあたるものとして、誰かが始めたものだが、初期のものはかならずしも受けとなっていないものも多い。

私が最初の長歌＋反歌であろうと見ている間人連老《はしひとのむらじおゆ》の0003と0004もとってつけたような長・反歌で、強い連続性はない。ただ間人連老と時代があまり違わない吹黄刀自の若い頃は、長歌＋反歌の形式を必ず使っている。

中大兄の三首を並べて書いたのはおそらく額田王である。彼女は三首目は意味的に連続性がないと思いながら、中大兄がこんなにいい歌を書いたと思いながらここにつけたのだろうと思う。おそらく、前の二首を作ってすぐ書いた歌だったのだ。三首とも船の上で書いたらしい歌である。

００１５は、天智らしい明るい、曇りのない叙景歌である。額田王は、このいい歌をつけないわけには行かないと思ったのであろう。豊旗雲は海の上の夕空などでよく見る雲で、大きな旗のように立つ雲である。これに陽が当たって壮大に耀くのを海の上ではよく見る。夜も天気で月の輝きもさわやかだろうなあ。というのである。

万葉の歌でも一番いいと言った人もいるほどだ。なんといっても、歌全体の明るさがいいのである。私はこれこそは、天智の属性であろうと感ずる。額田王もそう感じたのである。

天智のもう一つの歌は、第四章でくわしく述べた巻二の七番目にある００９１番の歌で、鏡王女《かがみのおおきみ》と交わした歌である。

このやりとりを巻二の冒頭に用意したのは人麻呂である。実際の巻二の冒頭は仁徳の妻の磐姫皇后《いわのひめのおおきさき》らの六首であるが、これは後世につけ加えられたものとされている。したがって、人麻呂が用意していたのは、まず最初に天智と鏡王女のやりとりであった。巻一の最初のテーマが額田と天智と天武の恋であったのに対し、天智と額田の姉の恋を持ってきたのである。ここに意識がなかったということはあり得ない。

天皇の恋は自由なもんだなあ、とでもいうような配置である。

人麻呂は額田よりは十七、八年若いと見られるが、額田王、鏡王女の生きていた世代とそう離れていない。姉妹とも壬申の乱以後も生きているから、この二人の関係、この二人の境遇はよく知っていたはずである。もし、同一人物なら人麻呂はわざわざ異なる名前で扱わなかったはずである。同時代の人たちはうわさ話でこの姉妹のことも、「五角関係」といってもいい、天智、天武、額田王、鏡王女、中臣鎌足の恋物語もよく知っていたに違いない。

人麻呂はこの五人の超権力者と美貌の才女たちとの関係を明確に歌で描いていると思う。これは自由の楽しさではないだろうか。女性に対して失礼であると憤慨する現代人はいるかもしれないが、当時の権力の頂上近くにいるということは、女性としても願ってもないことだったろう。

信頼できる額田王と柿本人麻呂が歌にこう語らせているということは、そのとおりに解することが正しいであろう。やや時代を離れた人たちが、そんなことはないとか、ありえないとか言ったとしても、その時代に語られていることを知らないではないか。

これらの話は、当時の宮廷人たちは蔭では毎日のように噂していたことであろう。他に面白いことはないではないか。他の宮廷人にとってはこの自由が羨望、願望の的であったはずだ。彼らはなんとかこれらの人々に近づいて、自身の有利のために努力する必要があった。

自身のことは誰よりもよく知る額田王とその世代の匂いを嗅いでおり、真実を大事にする人麻呂を信ずるのが最も安心である。

額田王は、天智の妃とは日本書紀には記述されていない。天智の子も生んでいない。もし、天智の皇子でも生んでいれば歴史は大きく変わったであろう。

額田王と人麻呂の人格と感覚を信ずるという私の考え方は、最も妥当なやり方ではないかと思っている。うたびととしての自負もそう言えという。

私も同じ人を姉妹に分けて歌を分けたりしない。とんでもないことである。

巻二の冒頭は磐姫皇后の歌を除けば、額田テーマの裏話のようになっている。

真実を裏打ちしている趣である。一、二巻で何を伝えようとしたかも、明瞭である。テーマは「自由」である。

巻二の主題は、次に大津皇子の歌に代わる。

四、天武と天智

ここで大海人皇子《おおあまのおうじ》、天武天皇のことを書かないでは不公平であろう。大海人皇子は六三一年生まれで、天智の五歳下であったろうと思われる。一説に中大兄より十二歳上だったというものもあるが、とすれば中臣鎌足と同じくらいとなり、いままでの話はぜんぶなかったことにしなくてはならない。

そのくらいの年齢であって乙巳《いっし》の変にまったく絡んでいないというのは不自然である。この天下分け目の数日にまったく姿を見せないでは、おかしいであろう。五歳下なら、まだ十四、五歳だから兄が事件に巻き込むまいとしたこともわかる。

したがって、大海人の将来の地位は、中大兄が掴んだ権力のおかげである。その弟であるから、権力の中枢に最初から座ることもできた。大海人皇子が最初にしたこととして記述されるのが、額田王を娶ったことである。

大海人皇子が額田王に近づき得たのは、兄の中大兄が額田王の姉の鏡王女を愛人としていたからだと思われる。先にも述べたように、この姉妹は当時としては珍しく、漢字で歌を書くことができた。これは、賢い人が好きな天智の大いに望むことで、なにかと姉妹を呼び寄せたと考えられる。

その機会に大海人がより早く額田王を自分のものとしたのであろうか。十市皇女《とおちのひめみこ》の生まれも不明だが、額田が十二歳から十五歳くらいのことと思われる。額田が中大兄と結ばれる六五六年には二十歳頃だったのではないかと思われる。

天智は額田を譲り受ける代わりに、大田皇女、鸕野讃良皇女の二人を天武に差し出した。その頃、大友皇子はまだ十三歳で、天智は皇太子にしようとは思っていなかったのではないか。その頃まで、兄弟が次の天皇を継ぐことが多かった。兄弟は天皇に即位するとき、力になることが多い。そのため、次の皇位を約束していることが多かったこともある。

しかし、長く皇位にあり、皇子たちが成長してくると、十分の力をつけるうえ、皇后や妃の強い願望もあって皇子相続に転換することもある。もし皇位に就かなければ抹殺されることもあり得る。血族ならばこそ、血で血を洗う争いは残酷になることも多かった。

天智は自身が皇位に就き、大友皇子が育った頃から、かなり考えが変わってきた。

天智と鎌足は、六六三年、白村江《はくすきのえ》の戦いで惨敗し、多くの兵を失う。日本歴史始まって以来の惨敗であった。というのも中国の軍とまともにぶつかったのは、この時が初めてであったろう。それまでは一、二万の兵を送ったときは勝っていたのである。しかし、隋、唐は高句麗攻めで三十万もの兵を用いることもあった。

天智の兵と対抗した白村江の唐・新羅軍は十三万とも十五万ともいわれている。この敗戦は落ち度のなかった完全な支配者、天智と鎌足の唯一で重大な失点であった。このために唐の侵攻に備え、各地に城を造り、大きなエネルギーを費やす。国民の生活に影響を与えたのも事実であろう。

このとき、天智と鎌足は豪族たちの不満をなだめるために、大海人皇子を使った。大海人は人との融和を測るのによい性格であった。天智は近江に遷都し、内政について大海人に依るところが大きくなった。

日本書紀は、大海人が皇太弟になっていたとする。とくにこの天智の晩年については、大海人の思うとおりに記述されている可能性があり、全部をうのみにできないが、隠然たる力を持ち始めていたであろう。

天智は近江朝に移ってから近江令を作っていたともいわれる。大宝律令の前身であるが、その骨子は皇位の直系相続であったらしい。つまり、天皇から直系の皇子に継がせるということだ。もし、大海人を皇太弟としていたのならば裏切りである。近江令のことを日本書紀は無視しているが、それは天武の正当性を主張するためには不利だったからだともいえる。

それと同時に、天智は大友皇子と十市皇女を結婚させ、大友に譲位したいと思い始めたように見える。大友は天智の子、十市は額田の唯一の子であり、自分と額田の恋を至上の恋と考えている天智にとっては、この二人の結婚が自分たちの恋をも祝福するものだと考えたのであろう。

私は、天智の額田に対する恋は冷めていたのかもしれないと考えていたが、大友と十市を結婚させ、大友に譲位したいと思い始めたことを思い合せれば、二人の子孫に天皇を継がせたいという思いは、すこしも変わっていないと思い始めた。

十市皇女は天武の子の高市皇子にも思いを寄せられていたことはよく知られている。十市が自死（多分）したときの高市の挽歌は痛切きわまりないものである。

十市は、大友と高市のどちらに心を寄せていたであろうか。

高市は太政大臣として政治を動かすような切れ者であったが、どうも女性にはもてなかったようである。一方、大友は『懐風藻』では容貌も才能も絶賛されている。もし、高市を好いていたなら、おそらく壬申の乱後すぐにも高市と恋していたであろう。もしいやな相手といっしょになっていたら、喜び勇んで好む男のほうへ向かう、これが女というものである。

十市は、それどころか宮廷で自死したようなのである。天武が高市と結婚させようとするのを避けたかったのであろうか。

十市は、額田王と同様、二人の有力な男の板挟みになったが、額田と違って彼女は自分の意思を言葉などで示そうとはしていない。まわりのみなが、気を遣うが本人は何も語らないような性格だったようだ。

現在、近江令は伝わっていないが、元正天皇以後、天智天皇の令によって皇位を継ぐという宣言とともに、天皇は即位するという。つまり近江令は伝わっていないのに何かが伝わっているということである。その令の定めのことを不改常典《ふかいじょうてん》という。

変えられない法則という意味である。日本書紀では無視されているが、続日本記には「関も威き近江大津宮御宇大倭根子天皇の天地と共に長く、月日と共に遠く、改るまじき常の典と立て賜ひ敷き賜へる法」と呼ばれている。それを簡略して「不改常典《ふかいじょうてん》」と言っているのだという。

天智天皇が決められた法に従ってという言葉、譲位の詔や即位の詔に引用されるが、その実際の意味については諸説が分かれている。意味が明確でないのに、天智の名前が権威付けのように用いられてきたということである。

天智天皇が決められたということが重しとなってきたということである。意味としては直系皇位継承ということらしい。天智の近江令はまずはそのことを決めたものと考えられる。

大海人皇子が激怒して浜の高楼の床に槍を突き立てたという事件は、まさに大友皇子に継がせるためにこの法を建てようとしたときであろうと思われる。それは六六八年、薬狩りの宴でみなを喜ばせた額田と大海人の歌のやりとりの後であろう。

天智は大海人をとらえて処刑しようとしたが、鎌足にとどめられる。鎌足は実はこの年の暮れに亡くなる。体も弱っていた。

これを境に天智と大海人の力関係は変わっていく。大友皇子には、鎌足も娘を妃に入れて擁護しようとしていたが、天智が六七一年暮れ亡くなってすぐ、大友皇子は大海人に敗れた。吉野から逃れた大海人をすぐにも追いかけようという重臣の言葉をさえぎり、ゆったり構えようとしたのが失敗であった。

天智の果断さはなかったというべきである。

このさいの天武の果断さは、持統の判断によってであったともいう。持統の果断さは天智譲りである。戦いは三十日程度で終わった。

天武もかなり多くの歌を書いている。そのなかで傑出しているのはやはり額田王と掛け合いをした「紫のにほへる妹を憎くあらば」であるが、吉野に籠ったときの退隠の歌もしみじみとしていい。

み吉野《よしの》の　耳我《みみが》の嶺《みね》に　時なくそ　雪は降りける　間《ま》なくそ　雨は降りける
その雪の　時なきがごと　その雨の　間なきがごとく　隈《くま》もおちず　思《おも》いつ
つぞ来《こ》し　その山道《やまみち》を（0025）

追われた気分で吉野に入る暗い気分を書いている。天武が吉野に入るまでのいきさつは日本書紀に書かれているが、それは天武の側から書かれているので、そのまま信ずることはできない。この歌に次ぐ0026の「或本の歌」は声調を五七に整えたもので、後世の改悪であろう。

もう一つは天武八年に吉野に行幸したときの歌とされる、

よき人の　よしとよく見て　よしと言ひし　吉野よく見よ　よき人よく見
（0027）

よい人がよいと言ってみたこの吉野をよく見なさい。よい人ならよく見なさい。

一種、気楽なざれうたである。天武八年ともなれば、心も安定していた。さらにもう一つ、藤原夫人に当てた歌が巻二にある。

この藤原夫人は、藤原鎌足の娘五百重娘《いほえのいらつめ》、天武の妃の一人で、後に異母兄、藤原不比等の妻ともなった人である。

我《わ》が里に　大雪降《ふ》れり　大原《おほはら》の　古《ふ》りにし里に　降らまくは後《のち》（0103）

私の里には大雪が降りました。大原の古い里に降るのはもっと後でしょう。

とくに何の熱もなく、趣向もこらしていない歌である。ちょっとした妻への声かけのようなものであろう。天武はとくに歌に気持ちを込めるというような性格ではなかったと思われる。

明快で明るい天智に比べて天武は鬱々たる巨人のような人物だったようだ。天智は風采について書かれたものがない。人に好かれているふんいきはあるが、天武はなかなかの風采だったようだ。書紀には「生《あ》れましより岐嶷《いこよか》なる姿《みすがた》有り。壮《をとこざかり》に及《いた》りて雄抜《をを》しく神武《たけ》し。天文、遁甲《とんこう》に能《よ》し」とある。「いこよか」とは背が高く立派なことをいう。出てきた骨から見ると、一七五センチくらいの身長とか。当時としては大きな人だったようだ。

注目すべきは、天文、遁甲に長じていたという点であろう。暦や占いに強い関心があったようだ。天武主導で始まった日本書紀の記述に事実よりも俚歌《わざうた》とその解釈が多いのもそのせいかと思われる。つまり後の事件を予言するような、奇妙な歌が流行ったという説明である。

これが天智が治めていた時期に多い。これは天武の解釈ではないか。

天武は伊勢神宮の式年遷宮の制を制定し、皇女を斎宮とする制度も定めた。最初の斎宮が娘の大伯皇女《おおくのひめみこ》である。神の認める正当な皇位であることを制度として固めたといえる。

これに対して、天智は学校を作り、歌の会、詩の会を作り、水時計を製作し、水車を利用した冶金用のふいごを作る。時代が時代なら科学者になった可能性もあるくらい合理的な人であったと思われる。唐の侵攻を畏れて、七つの大きな城を作ったが、その城の構造は立派なもので、それ以外にも多くの朝鮮式の城を山の上に作っていた。

天智と鎌足は全国を旅して築城を指図していたと思われる。唐の侵攻に備えてのものだった。

額田王は占いや参拝に熱心な天武から実際的で理知的な天智に移った。

面白いことに天武が兄弟相続であったにも関わらず、文武が持統から皇位を継ぐとき、大友皇子と十市皇女の子である葛野《かどの》王、つまり天智・額田の申し子のような人物が、兄の長皇子を推そうとする弓削皇子に対し、「直系相続が正しい」と一喝した。持統はこれに大いに喜んで文武の即位を決めた。葛野王は近江令のことをいったのであろう。

持統が直系相続説に飛び乗ることは、天武が大友皇子から皇位を奪ったこととは完全に矛盾する。持統には論理も何もなかったということができる。また、もしかして、葛野王は痛烈にその論理矛盾を突いたのであろうか。

第七章　額田王から人麻呂へ

一、自由律の視角

万葉集は、謎解きの本である。ぜんぶが漢字で書かれ、書きようは書く人によって異なり、また何人もの人が書き込み、編集しなおし、歴史も入れ、物語も入れ、それぞれの欲、プライドを入れ込み、本文は漢字で書かれているのに、総やまとことばによる初めての文学全集である。あらゆる部分に謎が仕組まれているということができる。

何千人もの碩学、叡智、煩悩がこれに挑み、菅原道真がさまざまな伝本を前に嘆息してからでさえ、千百年以上が過ぎ、さまざま明らかになったこともあり、謎解きは今佳境に入ってきたと言える。

誰もが一つ解をみつけたとつい名乗りを上げたくなる、国家的な謎解き本である。

十六歳のとき、斎藤茂吉の『万葉秀歌』に、興奮の扉を開かれてから六十余年、巻十三に額田王の歌と思われる歌をみつけてから、何が何だかわからなかった日本の歴史の六四五年から六七二年までの謎が、自分の納得できる程度に解けたという気がした。

私としては、これでやっと日本がわかったというような満足感があった。そして、万葉集巻一と巻二の謎、巻十三の謎、つまり原万葉集の謎もかなり解けたような気がする。

私は、万葉集を見る時、他の人とはすこしちがうものさしで見ていると思う。視線の方向が違うようなものだ。日本の歌に対する態度が、一般の日本人とは反対方向なのである。私は十九歳のときに五行歌という自由律の歌の形式を作った。五行に書く自由律の歌は、それまでにもあったが、読めるものが少なかった。それをよくしようとしたものである。

現在は、新聞でも五行歌欄を持っているものがあり、毎月四百頁におよぶ月刊誌『五行歌』を刊行している。全国に百三十程度の支部があり、発会して文学運動を意識してから今年で二十五年になる。この二十五年の間に私が直接会って五行歌人にした人が十万人程度いる。

一生歌をやったという人は多いだろうけれども、古代歌謡から出発して、ほんとうに日本人が書くべき歌を追究して、これだけの数の人々の書いた歌を読んできたというのはちょっと他のうたびととはちがう経験だろうと思う。
歌といっても内容がすべて説明すると思うので、ここに五行歌を数首紹介しておこう。万葉の歌よりはわかりやすく、真実な感じもするはずである。

この世を
見るため
私は生れた
十分見たと
言えるか

草壁焰太

私が
居なくなってからも
続いていく時間を
希望と
名付ける

鳥山晃雄

まぐろの
てんごくは
にんげんの
ほんとうのこと
は
自分に

おなかの
なか
まめこ（五歳）

どんな
ステンドグラスを
とおりぬけてきたのか
君の
薔薇色の頬
草壁焔太

心臓は
一生涯に
20億回動くらしい
残りを計算する
ドキドキ
窪谷　登

だけ
言う
永田和美《なごみ》

生きることが
そのまま
あなたへの恋文となる
そんな一生で
ありますよう
三好叙子

力の失せた
夫の手を引き寄せて
そっと乳房にあてがえば
幽かな
指の動き伝わる
倉本美穂子

この自由律の世界は、日本の詩歌の世界を大きく広げたといわれる。制約が取り払われて思った通りに書けるから、世界が広がるのである。しかし、私の論では古代歌謡はそれに近いものだった。

和歌はいいものだけれども、メロディを一節《ひとふし》に限定したため、ずっと同じ気持ちを繰り返しているようなことにもなる。これは、自由だった歌が、万葉のできるときにしだいに五七化して、平安には完全に五七五七七化したためであるというのが私ども自由律の立場で、なぜ万葉で五七化したのかという目で万葉集を見ている。このとき、自由律の方向へ行っていたら、日本の歌はもっと広々としたものだったはずだと考えるのである。

その五行歌では五年ごとに『五行歌秀歌集』を刊行しており、現在で三巻目になるが、一巻ほぼ二千首なので、三巻で六千首近い。万葉集よりも多くなって、すこしほっとしている。なぜこんな手前味噌を書くのかと思われるかもしれないが、和歌を自由化して、うまく行った例はあまりないからである。

これがうまく行ったのは、万葉以前にあった古代歌謡の呼吸から書いているからで、日本語の本来の呼吸だからうまく行ったのだと私は考えている。詩歌は本来の自分の呼吸で書けばほんものになる。そのことを実証したようなものである。

先に八首の五行歌をあげたが、その読むスピードはあっという間だったと思う。もし、これが和歌の名歌八首だったら、とても重くてかなわないと私は思う。あえてここに並べてみせることはしないけれども、その読める速さと内容の自由さ、思いの深さは、いままで見たことがないようなものであろうと思う。

これが日本語のほんとうの呼吸だから、早く読め、まるで自分たちの言葉のように読めるのだ。自分たちの言葉のはずなのに、自分たちの言葉のように読めない詩歌もあるということだ。

そして、この本来の呼吸から、他の詩歌や詩歌の歴史を見ると、いままで見えなかったものが見えるようになる。

私どもはいつのまにか、他の人はしない逆向きに日本の詩歌を見るようになっていたのである。つまり、中国の影響を受ける前の古代人の呼吸から日本の詩歌を見ることが自然にできるようになったのだ。これは後に上げる聖徳太子の歌とも等しい。だから古代人なら私達と同じように見たはずである。

この逆の見方、自由な古代歌謡のほうから、規制がだんだん強まった結果の五七五七七のほうを見る見方が、もしかして必要かもしれないと、人々は思わないだろうか。もしかして、人麻呂が自由律の方向へ一歩踏み出したら、日本の詩歌は広々として思想的に深いものになった可能性もある。

こういう視点で見るのが、私の万葉集であるが、その結果、思想としては額田や人麻呂は非常に私たちに近いと判断できる。「我は言挙げす」「言挙げす我は」の二人である。わたしは自分の気持ちをそのまま表すことができる詩型を求めて五行歌という様式を作ったが、その結果は、強い主体性を持った人々を育てているような気がしてきた。

そのうちに歌とはそういうものだと思うようになった。つまり本来の呼吸で歌えば、主体性のうたびとになるということだ。

五行歌の人々は、堂々と、「私」個人を謳う。

それを、上古の時代に謳った人たちがいた。それが額田王であり、これを人麻呂が追認した。

逆に多くの感性が、呼吸を一つに合わせれば、心を一つの基準に合わせた歌となる。それが後の和歌である。

日本人が長年かけて磨き上げたそのもう一つの基準の詩歌、和歌の反対の極は最強度の主体性であったと言っていい。私も結果がこれで満足である。その結果、私の見て来た初期万葉集も、そのなかの極度に高揚して、神をも畏れぬ気持ちで書かれた詩歌であった。この時期の歌人にそれがあったという証明が、私の今回の発見の一つではないかと思う。

そういう歌人でなければ神をも超える恋の情熱を歌うことはできず、神をも超える王制の厳かさを創造することもできなかったのである。人麻呂を人は歌聖というが、それは神をも超える厳かさを人麻呂が創造して称えたからであろう。最も恐ろしいものの権威を芸術化した。その後、そういう難事を果たした人がいないから、人々は彼を歌聖に祀り上げたのだった。

これが五行歌の視点であるが、そこから見て、非常に大切なことと思われるのは、自由律だった古代歌謡の時代から、和歌の時代に至るまでに何があったのかを知ることであった。

私は日本文化の始まりを聖徳太子であったととらえ、そこから始まった文化が天智の歌と学問に対する熱心によって受け継がれ、詩歌文化として後の花を咲かせたと見る。この本で私が謳うのもそのことである。

そして、それを私にわからせてくれたのが、額田王の歌と私が想定した歌の群であった。天智と額田の六五六年九月は、日本の歌のファンファーレだったのである。

私は、そのいままでとは逆向きの目でその道のりをたどってみようと思う。実はその努力が、私の「額田発見」につながったのである。

その道のりというと、六二二年あたりから、六七二年くらいまでの五十年の日本の短詩がどうなっていたかということだ。その時代とは、聖徳太子が亡くなって、舒明、皇極、孝徳、斉明、天智の時代である。

ここが一番わかりにくい時代であると、私は自分の雑誌の「五行歌日誌」に何度も書いた。乙巳《いっし》の変、大化の改新、中大兄が天皇にならないまま支配した時代、この時代がよくわからないために、日本の歴史がわからない、ということを言いたかったのだ。

二、人麻呂が描いた詩歌の歴史

歌についてはとくに謎の深い時代であった。人麻呂が出現するすこし前の頃である。

この時代のうち六二〇年代はとくに歌が少なく、万葉集の０００2の舒明天皇の国見の歌だけである。その前の歌といえば、六一三年の聖徳太子の片岡山の歌であろうか。片岡山は斑鳩にある。呼吸が非常にやわらかな自由律である。

しなてる
片岡山に
飯にゑて
こやせる
その
旅人　あはれ

親なしに　汝なりけめや
さすたけの　君はやなき
飯にゑて
こやせる
その　旅人　あはれ

「ゑて」は「飢えて」のことで、「う」と「え」の中間を一音で発音する感じに読む。「こやせる」は「倒れている」である。

片岡山で飢死にした旅人に、親がいて生まれたはず、しかし、その子どものあなたは先に亡くなってしまった。あわれな旅人よ。という歌である。

4754233575654233という音数で、五七五七七とも五七五七五七…七七の形式とも関係がない。しかし、言葉の呼吸は、人の死を悲しむ感情に満ちている。

その十年、あるいは十五年後の舒明天皇の長歌が、

大和《やまと》には　群山《むらやま》あれど　とりよろふ　天《あめ》の香具山　登り立ち　国見《くにみ》をすれば
国原《くにはら》は　煙《けぶり》立ち立つ　海原《うなはら》は　かまめ立ち立つ　うまし国そ　あきづ島
大和の国は（0002）

となる。これはもう5757577657757で、ほとんど五七化している。破調は65の「うまし国そ　あきづ島」の二句だから、破調の割合は一八％となる。聖徳太子の歌は計算もしにくいが、計算してみると六四％が破調となる。

なぜ、こんなことになったのか。それは、六二三年に恵日《えにち》という長期留学生が唐から帰って来たからだと私は思う。恵日は六〇八年の遣隋使で渡唐した薬師で、唐から本を持って帰った。そのなかに三国時代の詩歌集もあったと思われる。

その頃の中国詩は、五言か七言だった。

字をようやく覚え始めた日本人から見て、中国の本は教科書のように見えたはずだ。古代歌謡も短・長・短・長の繰り返しが多く、終わりは長長で終わることも多かったから、五七五七…七七になる傾きはあったといえる。しかし、客観的に見ても遣隋使長期留学生のもたらした影響は大きかった。

次の帰還者たちの影響は大化の改新となって現れる。それ以前の帰還者の影響は、歌の五七化として現われたといって過言ではない。

問題は、六二九年から、六四五年、あるいは六五六年までの歌はどうなっていたのかをはっきり示す歌がない。しかし、歌はあったようで、宮廷の催しなどで歌が謡われるということがあったとされる。つまり歌謡の役割を果たしていたらしいということだ（しかし、狂熱的に歌を書く者が数人はいたが、名を消されていたためにわからなかったというのがこの本の結論である）。

舒明《じょめい》期と思われる歌が一つある。

それが、舒明天皇の国見歌の次の、間人連老《はしひとむらじおゆ》の歌で、中皇命《なかつすめらみこ》の代わりに舒明に捧げたということになっている。舒明の妻としての立場から書かれているから、中皇命は当然、皇極天皇である。この女帝は多く歌を残したが、日本書紀に五首、万葉集には第四巻、長歌と反歌二首（０４８５、０４８６、０４８７）があり、これがなかなかいい。

日本書紀の歌は先に紹介したが、これは孫の建王が夭逝したときの歌で、おそ

らく、日本における初めての孫歌である。感情が赴くときには、いくらでも書けた人ではないかと思う。間人連老の長歌は、

やすみしし　我《わ》が大君《おほきみ》の　朝《あさ》には　取《と》り撫《な》でたまひ　夕《ゆふ》には　い寄り立たしし　みとらしの　梓《あづさ》の弓の　中弭《なかはず》の　音すなり　朝狩《あさがり》に　今立たすらし　夕狩《ゆふがり》に　今立たすらし　みとらしの　梓の弓の　中弭の　音すなり

（〇〇三）

である。十八句中四句が破調なので、二二％の破調率となる。ただし、私は「朝庭」「夕庭」は「あしたには」「ゆふべには」とは読んでいない。古代歌謡には、「あした」「ゆふべ」と言う仮名記載はない。「あさには」「ゆふには」とそのままに読むのが正しいと思う。

言葉を優雅にするのは、五七がいきわたってからで、この時期はまだ朝《あさ》、夕《ゆふ》と簡素に呼んでいたのではないか。「夜には」「昼には」なども、五七五七七の感覚から言えば、無粋なまでにそのままの呼吸を押し通している。後の人がこちらを

五音にしないのは、恰好のいい五音化ができないからである。

「なかはずの　音すなり」の五五のリズムがこの歌のいのちであって、その調子から言えば、「あしたには」のように七にそろえないのが時代的に正しいのである。

ただし、反歌として出されている「たまきはる　宇智《うち》の大野《おほの》に　馬並《うまな》めて　朝《あさ》踏《ふ》ますらむ　その草深野《くさぶかの》」は完全な五七五七七である。

三番目にこの長歌と反歌を置いたことに、人麻呂の大きな意図が見える。この歌は、歴史上初めて示された長歌＋反歌の様式である。反歌は『楚辞《そじ》』の「乱」や賦に対する「絶」にあたるものを和歌の世界にも持ち込んだものと言われている。しかし、長歌＋反歌の様式は、古代歌謡には現れていない。ただ万葉集にのみ現れているのである。

日本書紀は、持統期までを含んでいるにもかかわらず、持統期には全盛だった長歌＋反歌の様式をまったく無視している。これは一般的な流行ではなく人麻呂ら特定の個人が好んだのかもしれない。間人連老とそう変わらない年齢の吹黄刀自の場合、かならず反歌をつけている。もしかすると、吹黄刀自が長歌＋反歌の始祖であろうか。

万葉集だけがこの様式を十分すぎるほど意識している。これは何故なのか、とくに日本書紀の編者たちに聞きたいところである。

最初に自由律を出し、次にやや五七化したうたを出し、三番目に初めて明らかにする長歌＋反歌の様式を出す。これは、人麻呂が「これからこの新しい長歌＋反歌の様式でどんどん歌を書いて行きます」という前触れのように思える。

間人連老はおそらく当時最も力ある歌を書いた人物で、その人物がこの様式を開始したのだと尊敬を籠めて、記述したのだ。こういうところが、人麻呂の信用できるところである。

この一筆がなければ、間人連老は歴史の闇にほとんど消えていた。この人物は、後に遣唐使の判官となっている。和と漢、双方に通ずる知識人だったのであろう。

なお、十三巻の３２４２は五五をくりかえす０００３と同じ呼吸の歌で、これは間人連老の作品ではないかと思っている。その五五のリフレインは「奥十山《おきそやま》美濃の山」である。

私はこの最初の四首で、人麻呂は簡単に日本の詩歌の歴史を書いたのだと思った。

多くの古歌を見たはずの人麻呂が、後の巻に出てくるものは別として、自由律を最初の一首としたことに大きな意味があると思う。ただの一首ということは、古歌集を作るつもりはなかったということを意味する。

その最初の一首を見てみよう。

籠《こ》もよ　み籠《こ》持ち　ふくしもよ　みぶくし持ち　この岡《をか》に　菜摘《なつ》ます児《こ》　家《いへ》
聞かな　名告《の》らさね　そらみつ　大和《やまと》の国は　おしなべて　我《われ》こそ居《を》れ　し
きなべて　我こそいませ　我こそば　告らめ　家をも名をも（0001）

美しい籠とへらを持って菜を摘んでいる娘さん、家はどこ、お名前は、私こそはこの大和を支配し治めている、男の子、私から言いましょう、家も名前も。

この歌は十七句あり、五七五七五七五七…七七からずれた句は九句ある。破調が五十三%に達する。こうなると、まったくの自由律といっていい。先の聖徳太子の片岡山とそう変らない。訳はやや優しげにしたが、ほんとうは恐いところもある歌だろうか。

古歌の枕詞《まくらことば》をほとんど使用している人麻呂はほとんどの古歌に目を通していたと思われるが、そのなかでもこの歌を冒頭の句に選んだということは、この形にはまらない歌の勢いを見せたかったのだと私は思う。

唯一の自由律を示すために、全権を掌握した強権の天皇の奔放な口説き歌を選んだということは、男女の間に起こる何かが、情念の大元であるという人間論を示しているのかもしれない。というのは、その後に展開されるメインテーマは、この時代を代表する恋の話である。人間が一番燃えるのが恋で、恋の詩歌によってこそ人の気持ちにも格別の花が咲く、それを伝えるのが文芸というものだ、と万葉集は冒頭から物語る。

そこから文化は始まる。知的な人の一部はここで狼狽える。そんなはずはない。もっと立派なもののはずであると。

しかし、どんなに高度化しようとも、歌はしょせん気持ちのものである。その激しい渦、あるいは繊細すぎる心、それが連綿とリレーされて文化の糸はつながっていく。その気持ちの代表的なものが恋で、その圧倒的な恋によって人間の歴史はつながっていく。

歌がつながっていくのは、男女がつながろうとするからだという諦念が、鮮やかで高度な花を咲かせていくのである。人がつながろうとする願望は、生きたいという願望と同じくらい強い。これを容認するのが文学である。

この雄略の口説き歌は、やがて始まる額田の恋のテーマの前奏曲のような役割をも果たす。これもまた、自由の賛歌である。

そしてその額田王のテーマから、人麻呂の近江哀歌が鳴りわたり、天智が望んだとおり、万葉集を通じて、その恋は永遠に語り継がれるものとなる。「額田よ、そのとおりになったな」という天智の快活な笑い声が聞こえてくるようである。

歌には、この恋で永遠をも染めてしまおうというくらいの主体性が必要だということだ。それが日本文化史上の近江の意味である。

いままで言われているような曖昧なものではない。その意味では、現代人は字で表すことに燃え滾った万葉の数人の主体性より心の味が落ちるかもしれない。

それは赤い頬っぺたがなくなったようなものか。

三、額田王最後の希望

原万葉集と呼ばれる最初の万葉集を編纂したのは、柿本人麻呂であることを疑う人はもうほとんどいない。原万葉集は巻一と巻二の部分を貼り合わせたようなものであったろうと言われている。

私もそう思ってきた一人だが、今回、額田王の作品と思われる十三巻の歌を解説しているうちに、すこしずつ考えが変わってきた。学説では額田メモを用いたといっているが、事の発端から、額田王の存在がかなり大きく影響したのではないかと思われてきたのだ。

事が始まったのは、天武天皇が亡くなってからと思われる。

額田王は持統天皇と会うことがあり、天智天皇の思い出を話し合った。近江朝の華やかな文化について、天武の生きている間は話すことができなかったが、額田にとっては夫、持統にとっては父の、思い出話をした。持統は少女時代に華やかな近江朝の文化的な行事を見て育ち、それを理想と思っていた。

額田王も、持統の目には、父親にふさわしいヒロインと見えていたのではないか。

額田は、近江朝のすべてが灰燼に帰し、何も残らなくなったのを見てきたが、「万代に　語り継がへ」と命じられたことだけは忘れることができなかった。単なる二人の気負いと人はいうかもしれないが、それは天智の命であり、天智との約束だった。

これを後世に伝えなければ、天智にすまない、自分の気持ちも治まらない。そこで、額田から持統に相談を持ち掛けた。天智からいわれて、そういう集を出したいと思っていた。それについて、どう思うかと。

持統は、「いいわね」と答えたと思う。そうしたいと自分でも思うくらいだった。額田は、私がひそかにまとめているものがある、といって、何巻かに分かれた集を差し出した。

その集がどんなものであったかは、わからない。

おそらく0007から0022までは確実に入っていたであろう。巻十三の額田ファミリーのものも入っていたに違いないが、作者名が書かれていたかどうかはわからない。巻二の天智と鏡王女のやりとりは入っていただろうか。私は入っていたと思う。また、額田王、鏡王女、吹黄刀自三人のやりとりが入っていたかどうか。これもおそらく入っていたであろう。

これらは、まとまっていたとは思うが、どういう形になっていたかは計り知りがたい。

巻十三の額田（私が推定した）の天智に向けて書いた歌を、額田王の作として出すことは、天武を傷つけるので不可能である。草壁皇子、その没後は軽皇子（文武）の即位を願っている持統としては、天武の権威は守らなくてはならない。この点について、話し合いがあったかどうかはわからない。原万葉集の冒頭のテーマは、あくまでも額田王と天武と天智の恋である。いま読むと、天智が弟の妻を強奪したが、その妻、額田王はむしろ弟のほうを慕っていたかのように見える。天智が加害者で額田と天武が被害者である。そう見えるように作られているということは、誰かの意志が働いていると、私は思う。

すべてを話し合って、持統が筋書きを決めたのか、あるいは持統の意志を知って額田王が忖度して個人的な歌を作者不詳のなかにいれたのか、私にはわからない。しかし、編集意図があったことは明確である。

これについて、持統と人麻呂が話し合ってきめたという可能性もないではない。ただ、集を作ることのきっかけを作ったのは、額田王であろう。額田にとっては、天智に命じられたことは、命に代えてもまもらなくてはならなかったはずだから。

私は、歌の様式に対する関心は、人麻呂のほうが強かったであろうから、０００１から０００６までは、人麻呂が配列したのではないかと思う。軍王《こにきしのおおきみ》の歌は、渡来者も日本語に慣れて歌を作ったという国際関係を意識した収録と思うが、材料は額田メモにあったとしても、そこに配置したのは人麻呂であろうか。

０００７から００２２までは、人麻呂はほとんど触ることなく、そのまま使ったと思われる。「中大兄」と呼びつけたかのようにしているのも、額田メモのままだからであろう。こうして、歌の様式の変化について説明する歌が六首続いたあとは、額田、天武、天智の話となった。

巻二の冒頭は、天智と鏡王女となった。（仁徳の妻、磐姫皇后の歌など六首は後につけ加えたものと見る）

ここまでが、原万葉集の額田テーマである。持統の願望は、近江朝を継ぐ吉野滝宮の文化を作ることだった。

原万葉集の特徴の一つは、実作者第一主義とでもいうべきことだ。とにかく、歌は書いた人のもので、かならず実作者の名を刻まなければならないと、額田も人麻呂も主張しているようである。原万葉集と呼ばれる部分の歌にはかならず実作者の名が記名されている。

先の間人連老もそうである。この時代の人間観からすれば、中皇命とだけ記名していてもよかったはずである。それをあえて間人連老の名を出したところに、人麻呂の創作者としての強いプライドが見える。

人麻呂は役職上、身分が低いから、自分の名も出さなくてもよかったかもしれない。ある者が書いたと言ってもいいかもしれなかった。しかし、どうしても堂々と自分の名を記さずにはおれなかった。自身の創作者としてのプライドを満たすためには、実作者の名を明記することにしなければならなかったのである。

人麻呂には地位に対する願望や富に対する願望はあまりなかったろうと想像されるが、自作に名を記名することだけは強く望んでいたと思われる。「言挙げす我は」というような主体性が、自作に対してプライドを持たないということはあり得ない。芸術は個人のものであるから、名札がなければ、その背景に人格がないということになり、半分意味がなくなる。一部の人はよいものさえできれば、「読み人知らずでもいい」とまことしやかに言うが、一人の人格を持つ人間としての背景がなければ、芸術はいわば民芸のように扱われる。

民芸でもいいけれども、でも、ほんとうに名前なしの民芸でいいのか。私は、自分自身であることに遠慮したり、投げやりになることには与《くみ》しない。人間まるごとでわかってもらおうというのが、創作者の態度であるべきである。

個人の感性、人格から出てくるものだからこそ、そこに尊敬も起き、憧れも起こる。

顔も身体も匂いも想像できない人の作品とすれば、感銘は著しく減る。「読み人知らずでもいい」という考えは、「私」というものを無いとして生きる時代のものである。いやしくも、わが思い、わが経験、わが命を顕わそうとする者が、なぜ名前を隠すのか。同じ命、同じ経験はないのである。

これを現代風の考え方とする人もいるかもしれぬが、それこそ想像力のない人だと私は思う。人麻呂のような表現力を持った人が、このくらいのもの、誰でも書けますよというだろうか。

彼くらいになれば、皇族もみな自分より劣る人と見えていたであろう。自分以上の表現力を持たないからである。しかし、うたびとはそこであえて戦おうとはしない。力で戦えば、歌はなくなるだろう。しかし、思いの世界では、うたびとはあくまでも自由でなくてはならない。主体でなくてはならない。

だから考え方は主体的になり、「言挙げす我は」となる。自分の名を表さないとすれば耐えられないと思い、人麻呂は実作者尊重をこの歌の集の方針とすることを決め、断固実行した。

原万葉集の考え方は、万葉集研究の一頁目といえるくらい重要なことで、橘守部に始まって、品田大吉、澤瀉久孝、徳田浄、松田好夫、伊丹末男、中西進、森淳司、後藤利雄らの研究によって、相当に厳密なものになってきた。

今のところ、巻一の0049（人麻呂が軽皇子と安騎野で狩りした時の長歌と反歌）

の歌までと巻二の一部の歌が含まれていたと言われている。ほかのものは、みな後世の人が人麻呂の作ったその原万葉集につけ足して行ったものだというのである。

これらの研究者の煮詰め方は非常に面白く、たまらない魅力を持っているが、ぜんぶを紹介できないのが残念である。

私はこの本では巻二には深くは触れない。とはいえ、巻二の冒頭の磐姫皇后らの歌六首は、後に付け加えられたものとされているが、これくらい腹立たしいものはない。雄略より古い仁徳紀の歌を完全な五七調の歌として出しているからである。巻一の雄略の歌とは正反対の意図を以て付け足されたものである。

せっかくの人麻呂の歌の歴史に関する記述をだいなしにしてしまった。

人麻呂はその表現力がずば抜けているだけでなく、研究者としても他を圧している。

早く澤瀉久孝は、人麻呂作と人麻呂歌集の歌についての調査で、人麻呂の用いる枕詞は約百三十余種で、その半数は人麻呂作に初めて見るもの、残りの半数の半分は記紀に見えるものであり、ほかの半数は人麻呂以前の万葉集歌に見えるものと前後不明のものであると述べている（「枕詞を通して見たる人麻呂の独創性」）。人麻呂の枕詞の使用の多様性と創造性については第二章55頁に述べた通りである。

定句、「やすみしし　わが大君　高照らす　日の皇子」の決め方についてもすでに述べた。この定句はみなが人麻呂を倣って使用しただけでなく、天武天皇が死んで八年後の六九四年、持統天皇が夢の中で作ったという歌にも、その影響が出ている。

明日香《あすか》の　清御《きよみ》原の宮に　天《あめ》の下《した》　知らしめしし　やすみしし　我《わ》が大君《おほきみ》　高照《たかて》らす　日《ひ》の御子《みこ》　いかさまに　思ほしめせか　神風《かむかぜ》の　伊勢の国は　沖つ藻も　なみたる波に　塩気《しほけ》のみ　かをれる国に　うまこり　あやにともしき　高照らす　日の御子　（0162）

この歌の中に「やすみしし　我が大君　高照らす　日の御子」のフレーズがあり、最後も「高照らす　日の御子」となっている。まるで人麻呂の定句を使って夢にうなされたような歌である。「いかさまに　思ほしめせか」も、人麻呂の近江哀歌のフレーズである。

人麻呂の影響が濃厚で、人麻呂のフレーズがうわごと化していたというくらい、人麻呂を尊敬し、人麻呂に心酔していたことがわかる。

それと同時に、持統の本音も出ている。あなたは何故塩気しかない伊勢の国へ行ってしまったの？　持統はおそらく伊勢神宮に感ける天武を不満に思っていた。天武が「神」に熱心なのが、死んで八年経っても納得できなかったのであろう。それを人麻呂の言葉で嘆くとは。

この年は藤原宮に移った年でもある。

四、人麻呂の時代へ

人麻呂は、額田の集の前に六首を加え、００２２まで、額田の集を用い、その後は持統の命に従い、００４９までの巻一を作った。

巻二は額田の集のなかから、天智と鏡王女の相聞から始め、大津の歌も加え、挽歌の項も作ったが、その項を見てから、持統は集について何もいわなくなり、人麻呂を避けるようになった。

こんなところではないかと思う。

額田は後に持統に感謝し、草壁皇子を祀る粟原寺を建てる。これは歌集作りを人麻呂に命じてくれたことに対する額田王の感謝の気持ちであろう。藤原大嶋との結婚も、持統が気を配ってなったものであったろうか。大嶋は不比等が成長するまで藤原家の代表となっており、天武が亡くなったときには誄《しのびごと》を言う役を務めている。これは弔辞を述べるほどの重要な役である。

その後の原万葉集の構成は、明らかに持統天皇の意思を反映したものとなっている。

0025から0027までの三首は天武の吉野の歌、0028には持統の「春過ぎて　夏来るらし　白たへの　衣干したり　天《あめ》の香具山」が来て、0029に人麻呂の初めての長歌が来る。あの近江哀歌である。あの最初のテーマを偲ぶ歌をここに出すことを決めたのはおそらく持統天皇で、人麻呂に近江へ行かせて書かせたものと、私は思う。そして、近江へ行ったあとには、吉野へ行って書くことを命じたのだと思う。

近江の歌は、人麻呂の作品の中でもとくに優れたものとなった。ここに書かれた昔の人は、天智、天武、若き日の額田である。そのとき、持統も薬狩りに参加していたに違いない。六六八年は数え年で持統二十四歳であった。

玉だすき　畝傍《うねび》の山の　橿原《かしはら》の　ひじりの御代《みよ》ゆ　生《あ》れましし　神のことごと　つがの木の　いやつぎつぎに　天の下　知らしめししを　天《そら》にみつ　大《やま》和《と》を置きて　あをによし　奈良山を越え　いかさまに　思ほしめせか　あまざかる　鄙《ひな》にはあれど　いはばしる　近江《あふみ》の国の　楽浪《ささなみ》の　大津《おほつ》の宮に　天《あめ》の下　知らしめしけむ　天皇《すめろき》の　神の尊《みこと》の　大宮は　ここと聞けども　大殿は　ここと言へども　春草の　しげく生《お》ひたる　霞《かすみ》立《た》ち　春《はる》日《ひ》の霧《き》れる　ももしきの　大宮所《おほみやところ》　見れば悲しも　（００２９）

楽浪《ささなみ》の　志《し》賀《が》の唐崎《からさき》　幸《さき》くあれど　大宮人《おほみやひと》の　舟待ちかねつ　（００３０）

楽浪の　志賀の大わだ　淀《よど》むとも　昔の人に　またも逢《あ》はめやも（0031）

完璧な仕事である。

人麻呂に課せられたもう一つの仕事、吉野賛歌は0036と反歌0037にあるが、人麻呂はもう一セット書いた。0038と0039である。どちらかといえば、うしろのセットのほうがいいが、近江哀歌に比べると、歴史がないぶん、厚みに欠ける。

その後、しばらく経って、草壁皇子が亡くなったあとに軽皇子とともに安騎野に宿泊して書いた草壁皇子を偲ぶ歌がまた傑作であった。反歌四首もいい。

東《ひむがし》の　野《の》にかぎろひの　立つ見えて　かへり見すれば　月かたぶきぬ（0048）

人麻呂の長歌、反歌が出始めて万葉集の主役は人麻呂となった。

持統は大津皇子の歌が、多く取り上げられ、哀切な大津挽歌も入ったことで、人麻呂を避けるようになったのではないかと私は思う。しかし、人麻呂はもうその優れた歌で、皇族たちの人気の的になり、皇子たちから歌を依頼されたようである。

どの皇子、皇女にも、すばらしい歌を贈る。私が見ると、これらは柿本人麻呂の人間賛歌である。たまたまこの時期に人間たりえたのが、皇族だけだったのだ。

このことは持統の気に入らなかった可能性がある。人麻呂に最も近づいたのは長皇子《ながのみこ》で、持統が文武天皇を立てようとしたときに、一番のライバルとなった皇子であった。天武と大江皇女の子である。

人麻呂は地方官となり、病を得て島根に没する。しかし、人麻呂の歌に惹かれる人々が、歌を書くようになり、人麻呂の残した原万葉集に作品を連ね、人麻呂の作品を蒐集し、これもつけ加え、さらに後の世代のうたびとも加わり、万葉集を完成していくことになる。

万葉集は、多くのうたびとの選を重ねた、複雑で包括的な歌集となった。額田王が持統に手渡した集のうち、巻一、二に使われなかった作品も巻十三に残った。しかし、それらが誰の作品かを知る人はいなくなっていた。

主要な参考文献

本書の万葉作品については、主として、いつも使っていた小学館日本古典文学全集の萬葉集1～4を使用し、読みについては、諸本を参照しながら、好きにさせてもらった。とくに自分流に読んだところは、本書内で述べた。数多くの研究書を参照したが、ここに一括して挙げさせて頂く。

文中、どの方についても敬称を付さなかったが、大いに敬意を感じ、私自身が万葉学の門前にやっと一歩入った程度であることも自覚している。いままでの多くの学者たちの研究に深く敬意を表したい。

鴻巣盛広『万葉集全釈』（廣文堂　一九三〇）
佐々木信綱『新訓　万葉集』上下（岩波書店　一九五五）
伊藤博『万葉集　釋注』1～13（集英社　二〇〇五）
中西進『万葉集全訳注原文付』（講談社　一九七八）
阿蘇瑞枝『万葉集全歌講義』（笠間書院　二〇〇六）
土屋文明『万葉集私注』（筑摩書房　一九六九）
鹿持雅澄『万葉集古義』（精文館　一九三二）
日本古典文学全集『日本書紀』1～3
　同『萬葉集』1～4　同『懐風藻、文化秀麗集、本朝文粋』（小学館）
日本古典文学大系『日本書紀』上下（岩波書店）、同『万葉集』1～4（岩波書店）
橘守部『万葉集檜嬬手』（臨川書店　一九七二）

徳田浄『萬葉集成立攷』（関東短期大学　一九六七年）
徳田浄・進『上代文学新考』（教育出版センター　一九八〇）
吉井巖『万葉集への視角』（和泉書院　一九九〇）
伊藤博『萬葉集の構造と成立』上下（塙書房　一九七四）
橋本達雄『万葉集の編纂と形成』（笠間叢書　二〇〇六）
直木孝次郎『額田王』（吉川弘文館　二〇〇七）
沖森卓也他『藤氏家伝　注釈と研究』（吉川弘文館　一九九九）
林博通『大津京と万葉歌』（新樹社、二〇一五）
翁蘓儨卿『日中古代歌謡の比較文学的研究』（鴻儒堂出版　一九八八）
宝賀寿男『古代氏族系譜集成』（古代氏族研究会　一九八六）
鈴木真年『百家系図』（雄松堂フィルム出版　一九九三）
佐伯有清編『日本古代氏族事典』（雄山閣　一九九四）、
倉本一宏『日本古代国家成立期の政権構造』（吉川弘文館　一九九七）
澤瀉久孝「枕詞を通して見たる人麻呂の独創性」上下（『国語国文7』　一九三七）
尾山篤二郎「額田姫王攷」（『万葉集大成9』平凡社　一九五三）
松田好夫「原万葉集の成立と資料の推定」（『国語と国文学』四六・九　至文堂　一九六九）
草壁焰太『飛鳥の断崖　五行歌の発見』（市井社　一九九八）
草壁焰太編『五行歌秀歌集』1〜3（市井社　二〇〇六、二〇一一、二〇一六）

人間関係図

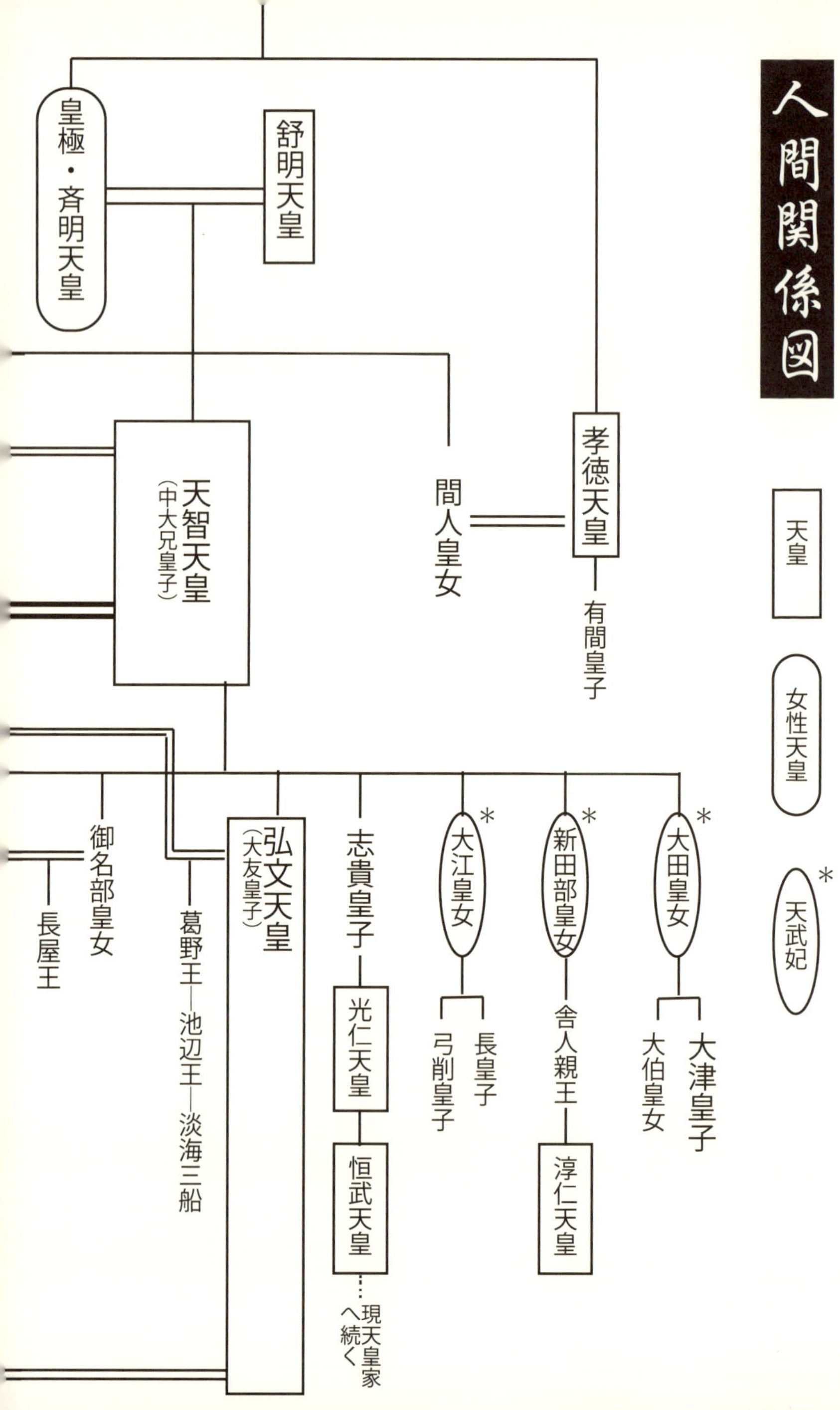

天皇
女性天皇
天武妃
*
舒明天皇
皇極・斉明天皇
孝徳天皇
間人皇女
有間皇子
天智天皇（中大兄皇子）
大田皇女 *
大津皇子
大伯皇女
新田部皇女 *
舎人親王
淳仁天皇
大江皇女 *
長皇子
弓削皇子
志貴皇子
光仁天皇
恒武天皇
……現天皇家へ続く
弘文天皇（大友皇子）
葛野王―池辺王―淡海三船
御名部皇女
長屋王

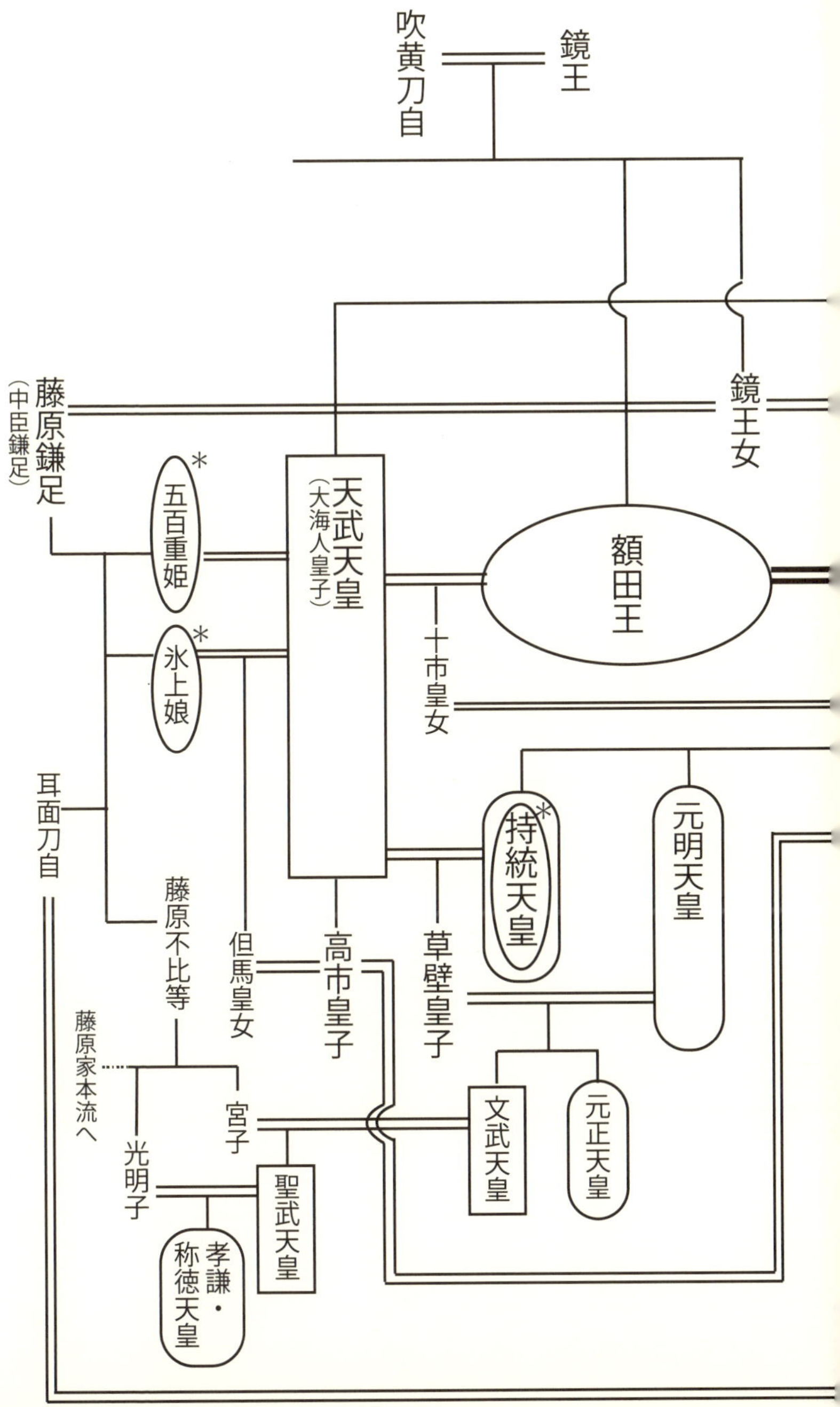

鏡王
吹黄刀自
鏡王女
藤原鎌足
（中臣鎌足）
額田王
天武天皇
（大海人皇子）
五百重姫
氷上娘
十市皇女
持統天皇
元明天皇
耳面刀自
藤原不比等
但馬皇女
高市皇子
草壁皇子
藤原家本流へ
宮子
光明子
聖武天皇
文武天皇
元正天皇
孝謙・称徳天皇
*

あとがき

この本を書き始めたとき、私は大変なことをしたと思い、興奮のるつぼのなかに入ったようだった。章によっては十回も書き直したところがある。どこにも満帆の興奮をぶつけようとしたために、同じことを口から泡を飛ばして書き募るというようになっていたのである。

半年以上、そういう状態が続いたが、またその間に新しく思うこと、発見のように感ずることもあった。

内容も二倍くらいになり、今年の一月の終わりぐらいからは、やっと何をどう書こうとしているのかを、冷静に考えるようになった。

歴史は難しく、万葉もまた難しい。さらに、千四百五十年、だれもがいわなかったことをいおうとするのだから、その立証も難しい。

そこで、同じことを角度を変えて説明することにした。

したがって、この本にはある程度重複するところがある。それくらい難しいところだからだとご容赦頂ければうれしい。

日本文学のなかの近江の波は、神秘的に、あるいは幽かに、なんとなく伝わり、続いてきたが、なかなか実態が、あるいは実質がつかめなかった。それは、近江朝の文化がある程度故意に抹殺されたからにある、と今の私は思う。

作者名を伏せられていた額田王の作品が明らかになって、私は近江のトランペットの音をなかばほどは復元できたのではないかと考えている。それが万葉を作ったのである。

湖は、いままでその文化の足跡を消してきたけれども、万葉初期の歌人たちの言語表現ロマンティシズムが現れて、その最初の音が額田王の秘められた作品から聞こえてきたからだ。

額田の主体性の表現は、哲学的に大きく、確かで、現在の私たちの持つべき主体性とつながるところがある。その勇気が、天智天皇を動かし、永久にこの恋を残せという指令となった。

現代のうたびとが忘れたふりをしているほんとうの声が、その最初の音だったのだ。

万葉集は勅撰集とはならなかったが、何人かの熱心なうたびとたちが努力を重ねて、世界的にも珍しいうたびとたちの選による大きな歌集となった。

政治的なおもわくを超える熱心なうたびとたちの思いが、この複雑で深く、限度を超えるまで多くのものを含む歌集を仕上げることになった。その最初の意思はつながったと思う。それは、和歌、俳句だけでなく、自由律の五行歌にまで及ぶ。

私の五行歌は、日本の伝統的な詩歌に対する反逆のように思われていることも多いかもしれないが、実際にはそれを纏めるものであろうと私は思っている。

この視角から見て、初めて額田王の埋もれていた作品とその意図がわかり、そこから当時の歴史も見え、そこで行われていた文化革新も見えてきたとしたら、こういう視角もあってよかったということになるのではないか。

万葉集が額田の恋で始まったのは、自由と主体性への賛歌なのだと、私は書きながら思うようになった。天智と額田は自由の極限を突破するように恋し、時代を創り、生きぬいた。編纂する人麻呂も自由と主体性への憧れを強く感じていただろう。

彼は人生の最後近くに、額田王の3250の「我は言挙げす」の歌をなぞって、「言挙げす我は」を書いた。私はこれを支持するという宣言であろう。

私は巻十三の額田王に気づいて、つくづくよかったと思う。

そのうえ、もう一人、吹黄刀自という奔放で、ほんとうのことをうたううたびとをみつけたことにも興奮している。私は、五行歌という新様式で、直接に十万人のうたびとを作った。そのうち二百人はすばらしいうたびとである。しかし、千五百年昔の日本からも、一人うたびとを育てたと、感じた。作ったとも感じた。もし私がいなければ、もう三千年くらい、この人がどういう人か、わからなかったかもしれないではないか。

「醜《しこ》の醜手《しき》」！　今、私が一番わくわくするのは、このフレーズである。千五百年前の言葉がびんびん伝わって来る。自分の男を奪った女に対する女の気持ちが、これで自分の感情のようによくわかる。そして、その愛と憎しみを燃やすのも、自分の心だと省察する心。

その表現の自由に拍手を送りたくなる。

自由律「五行歌」様式を作ったため、和歌、短歌の研究に没頭するようなことは、なかなか心理的にも困難ではあったが、とくに万葉集は避けて通りたいようなところもあった。しかし、五行歌の中に作った草壁塾では、多く日本の古典について語り続けてきた。

万葉集についても、及び腰のままではいけないと思い、二〇一七年から始めた第二次草壁塾では、初めて真剣に万葉集研究に取り組んだ。私の七世紀前半から半ばにかけての和歌に対する強い関心を初めて解き放つという思いだった。それまでは古代歌謡の範囲で納めようとしていたのである。

その結果、いままで疑問に思っていた第十三巻の歌を読み込んでいくうちに、どうしても額田王の作品としか思えない二首に突き当り、その関連から初期万葉集の構造についての考えもどんどん変わっていき、歴史上の謎と言いふらしていた天智の時代の謎も新しく推定した額田作品からどんどん解けていく気がした。

また、額田は女性であるが、同時代の聖徳太子、天智天皇、柿本人麻呂と並ぶ巨人といっていい内容を持った人物であるとわかってきた。

この間、五行歌の事務局には、五行歌二十五年の大きな運動の中、いろいろ迷惑をかけた。自分のスタッフだとはいえ、申し訳なく思った。畏友、村田新平氏には何度も原稿のチェックをお願いし、よい指摘を受けた。私は大学卒業後すぐにジャーナリズムの世界に入り、出版に関わる仕事をしてきたため、学界の人に読んでもらえるような本についての常識がまったく欠けていた。学界の本を一般書にするような仕事が多かったということもある。

この本は、面白い本であるだけでなく、学界の人にも読んで頂きたいと思っていたから、基本的な礼儀から学ばなければならなかった。八十になって基本を学ぶということになったが、まだまだ駄目なところはあるであろう。

私が参照させてもらった学術の本は非常に多く、いままでの研究者にとことんお世話になったという思いである。感心した意見をぜんぶ言い表せないのが残念である。

万葉集は、どんな意見も出て来そうなところが、面白い学界だと思う。碩学の学者、野心的な者、おかしな人、誰もがこの謎解きに参加し、解明しようと努力を続けている。私はまだ初期万葉集にしか関われないようなところにいるが、その国民総がかりの謎解きの一端になれるかもしれないことを嬉しく思う。

もしできれば、次は、人麻呂の歌を完全に分析してみたいな、というような気持ちもある。人麻呂を本人も満足するところまで誉められるのは私一人かもしれんなとも思うからである。

最後に、私が熱望した鶴田一郎画伯に、額田王を画いて頂くことを得た。画伯の絵を見て、私の額田王が画けるのはこの画伯しかいないと思い、お願いした。このとき、五行歌の畏友であり、書家の西垣一川氏が画伯の知り合いであることもわかり、その一川氏にタイトル文字もお願いすることを得た。

奇跡的な取り合わせであった。この表紙だけでも読者に満足してもらえるだろうと、眺めては楽しんでいる。つくづくよかったと思う。

歌は自由の喜びを表わすものだ、と、この本を書き終える頃から思いはじめた。人は生きるために、心の自由を欲している。その自由への憧れを強く抱き、生きようとしたのが、天智天皇であり、額田王であり、柿本人麻呂であったろうと思う。

彼らの志を忘れまいと思う。

二〇一九年四月五日

草壁焔太

草壁焔太（くさかべ えんた）

1938年旧満州大連市生まれ。

1957年（19歳）五行歌創始。

東京大学文学部西洋哲学科卒。

1994年五行歌の会創立。同人誌『五行歌』創刊。五行歌の会主宰。

著書は、詩集や「石川啄木―天才の自己形成」など文学評論、翻訳など多数。五行歌集は『穴のあいた麦わら帽子』『心の果て』『川の音がかすかにする』『海山』、五行歌論書は『飛鳥の断崖－五行歌の発見』『もの思いの論－五行歌を形作ったもの』『五行歌－誰の心にも名作がある』など。

額田王《ぬかたのおおきみ》は生きていた

2019年（令和元年）5月10日　初版 第1刷発行

著　者　　草壁焔太
発行人　　三好叙子
発行所　　株式会社 市井社
〒162-0843
東京都新宿区市谷田町 3-19 川辺ビル 1F
電話　03-3267-7601
http://5gyohka.com/shiseisha/

印刷所　　創栄図書印刷 株式会社
装　画　　鶴田一郎
題　字　　西垣一川
装　丁　　しづく

ISBN 978-4-88208-163-0　C0092